WIDMUNG

Für Tina,

wir haben uns nicht gesucht und doch bin ich dankbar dafür,

dass wir uns gefunden haben.

VORWORT

Liebe Leserin, lieber Leser,

um einer eventuellen Enttäuschung vorzubeugen, möchte ich dich an dieser Stelle vorwarnen.

Vermutlich werden sich meine Protagonisten stellenweise sehr speziell ausdrücken. Sie lieben klare Worte, zu denen auch der ein oder andere Kraftausdruck gehört.

Und ja, dem ist – ganz unabhängig von ihrem Alter oder ihrem beruflichen Erfolg – so.

Alle meine Protagonisten sind fiktional und dürfen es somit. Darüber hinaus, wer weiß schon, wie die oberen Zehntausend wirklich miteinander reden?!

Sollte schon dieses Vorwort nicht deinem Geschmack entsprechen, wird es leider auch der Rest nicht tun. Das würde ich zwar sehr bedauern, aber Geschmäcker sind nun einmal verschieden.

In diesem Fall muss ich mich an dieser Stelle leider von dir verabschieden. Ansonsten wünsche ich dir ganz viel Spaß beim Lesen und hoffe sehr, dass es dir gefallen wird.

Deine Mia

SHOT

»Nein«, flüstere ich zu mir selbst und schüttle ununterbrochen den Kopf. Mein Blick verschwimmt und das Rauschen in meinem Schädel wird so laut, dass ich um mich herum kaum noch etwas wahrnehme.

»Cole«, irgendjemand, ich weiß nicht wer, spricht mich an und berührt mich an der Schulter. »Das bedeutet noch gar nichts.«

»Wenn er ihr auch nur ein Haar krümmt, dann bringe ich ihn um.«

KAPITEL 1

Heather

7 Wochen zuvor

Erschöpft lehne ich meine pochende Stirn gegen die kühle Fensterscheibe meines Büros und schließe die Augen. Allein heute musste ich fünfzehn Vorstellungsgespräche führen, und ein Bewerber war schlimmer als der andere. Wie kann man sich bei der *Campell Group* – einer der angesehensten Banken New Yorks – bewerben und in Turnschuhen kommen? Nicht, dass ich privat etwas gegen Sneaker hätte, aber als Verantwortliche für eine unserer Zweigstellen erwarte ich dann doch etwas mehr Professionalität. Zwei von den Anwärtern haben es nicht mal durch den Einstellungstest geschafft.

»Heather, die vom Empfang haben angerufen, dass unten noch ein Bewerber steht.«

Stirnrunzelnd drehe ich mich zu Geena, meiner Assistentin, um und gehe zum Schreibtisch. »Und der will wirklich zu mir?« Ungläubig suche ich nach weiteren Bewerbungsunterlagen, die ich womöglich übersehen habe. »Ich habe keine Mappe mehr und bin ziemlich sicher, dass ich jedem von uns genau fünfzehn Bewerber zugeteilt habe.«

Seit einem halben Jahr bin ich die Personalchefin der *Campell Group* für den New Yorker Bezirk und ich kann ohne falsche Bescheidenheit sagen, dass ich es mir wirklich verdient habe. Die letzten zehn Jahre habe ich eine Weiterbildung nach der anderen besucht und habe mich diese Ausbildung nicht nur finanziell einiges kosten lassen. Privatleben gab es, wenn überhaupt, nur an zweiter Stelle, aber es war die Strapazen wert. Heute habe ich fünf weitere Personalmanagerinnen unter mir und wir betreuen die rund eintausend Mitarbeiter im Stadtteil Manhattan.

»Soll ich ihn einfach hoch bitten?«, unterbricht Geena meine Bemühungen, doch noch irgendwelche Unterlagen zu finden, und ich lasse resigniert die Schultern hängen.

»Okay, dann soll er eben kommen«, seufze ich und ziehe die schwarzen High Heels, die ich gerade eben erst abgestreift habe, wieder an. Automatisch stapele ich die Mappen wieder akkurat übereinander und ordne die Kugelschreiber so, dass die Spitzen eine gerade Linie ergeben.

Minuten später öffnet sich die Bürotür erneut und ich höre Geena sagen: »Ich melde Sie nur eben an und hole Sie dann gleich rein.« Danach tritt sie in mein Büro und verschließt die Tür sofort wieder hinter sich.

»Oh mein Gohott«, jubelt sie flüsternd und macht wilde Gesten mit ihren Händen, die wohl so was wie Begeisterung darstellen sollen.

»Was ist?« Ich sehe an ihr vorbei. »Wo ist der Bewerber?«

»Vor der Tür, ich wollte dich nur kurz vorwarnen.«

»Wovor? Heute habe ich wirklich schon alles gesehen und mich kann nichts mehr schocken. Ich bin schon zufrieden, wenn er sein Hemd richtig zugeknöpft hat«, entgegne ich und schließe den Knopf meines marineblauen Blazers.

»Um ehrlich zu sein, trägt er gar kein Hemd.«

Entsetzt unterbreche ich das Glattstreichen meines knielangen Rockes und sehe verdattert zu ihr auf. »Nee oder?«

»Genau genommen sieht er auch nicht wie ein Manager aus, aber bitte, bitte lass ihn rein. Wir könnten diesen furchtbaren Tag so wunderbar ausklingen lassen.« Sie sieht mich flehend an und hält ihre Hände wie zum Gebet.

Manchmal zweifle ich ein bisschen an ihrem Verstand und doch würde ich sie niemals gegen eine andere Assistentin eintauschen. Optisch erinnert sie mich immer ein wenig an Sookie von der Serie Gilmore Girls, etwas rundlich, sehr energisch, mit einer fröhlichen Ausstrahlung und wir haben den gleichen Männergeschmack.

»Dann los, ich hab noch was vor.« Ich winke in Richtung Tür und gebe ihr damit zu verstehen, dass sie ihn reinholen soll. In weniger als einer Stunde muss ich im *high inch* sein, wo Mason, der Zukünftige meiner besten Freundin Amber, mich und ein paar Freunde in die letzte Planung seines morgigen Heiratsantrages einweihen will.

»Misses Moore hat jetzt Zeit für Sie«, flötet Geena durch den Türspalt und ich schüttle schmunzelnd den Kopf.

Eine vertraute Schrittfolge nähert sich und ein wohlbekanntes Kribbeln jagt mir über das Rückgrat, was eigentlich nur eins bedeuten kann: Es ist genauso unglaublich, wie nicht erklärbar, aber sobald *er* sich in einem Radius von wenigen Metern befindet, reagiert mein Körper auf ihn. Und das muss ich ausdrücklich betonen, völlig gegen meinen eigenen Willen. Neugierig sehe ich auf und halte unbewusst den Atem an, dann steht er schon im Türrahmen, den er sowohl nach oben als auch zu den Seiten fast vollständig ausfüllt.

Ungeachtet der Tatsache, dass ich seine Körperform schon etliche Male einstudiert habe, wandert mein Blick gewohnheitsmäßig von den schweren Boots über die langen Beine, die in einer zerschlissenen Jeans stecken, nach oben. An dem schwarzen, engen Shirt, das jeden verdammten Muskel in aller Deutlichkeit erkennen lässt, verharre ich etwas länger als nötig, denn davon hat dieses Exemplar von Mann so einige zu bieten. Er hat schmale Hüften und breite Schultern zum Anlehnen, sodass sein Oberkörper wie ein großes V erscheint. Dennoch muss ich sagen, dass es nicht zu extrem ist. Nein, bei diesem hier, ist es ... heiß.

Als mein Blick sein Gesicht erreicht, funkeln seine grünbraunen Augen wissend und er setzt sich wieder in Bewegung. Direkt vor mir kommt er zum Stehen, sodass ich sein Aftershave vermischt mit diesem ganz eigenen Cole-Geruch wahrnehmen kann, und hält mir die Hand hin, die ich verdattert annehme. Ich kann mich nicht erinnern, dass er je in meinem Büro war, warum auch.

»Cole McAllister, ich habe gehört, Sie suchen noch einen Bankmanager?«

Ein Stück hinter ihm steht Geena, die sich den nicht vorhandenen Schweiß von der Stirn wischt und ihre Zunge aus dem Mund hängen lässt. Ich kann sie so gut verstehen. Mit der Stimme könnte er ein Telefonbuch vorlesen und ich würde mich um nichts in der Welt davon abhalten lassen, ihm dabei zuzuhören. Tief und ein kleines bisschen rauchig.

Keine Ahnung, was das hier wird, aber ich steige gerne darauf ein.

»Heather Moore, Personalchefin der *Campell Group*. Setzen Sie sich doch.« Dabei zeige ich auf den Besucherstuhl vor meinem Schreibtisch und nehme ebenfalls Platz. Geena setzt sich seitlich neben den Schreibtisch, während ich eben diesen geschäftig absuche, obwohl ich logischerweise nichts von Cole finden werde, und sehe wieder zu ihm auf. »Verzeihung, Mister …«

»McAllister«, hilft er mir auf die Sprünge und seine Mundwinkel zucken.

»Mister McAllister, leider habe ich keinerlei Unterlagen von Ihnen vorliegen. Haben Sie eine Bewerbungsmappe dabei?«

»Fragen Sie mich doch einfach, was Sie wissen wollen«, antwortet er und lehnt sich so weit vor, dass er die Unterarme auf dem Schreibtisch ablegen kann. Geena, die eigentlich die Protokolle der Bewerbungsgespräche führt, starrt wie gebannt auf das Spiel der Muskeln in seinen Armen und registriert mich gar nicht mehr, geschweige denn ihre Arbeit.

»Gut«, gebe ich lächelnd von mir, knöpfe meinen Blazer wieder auf und lehne mich gegen die Rückenlehne des Stuhls.

»Wie sieht Ihr derzeitiger Arbeitsalltag aus, Mister McAllister?«

»Ich arbeite in einem Team aus zehn Männern und, wenn ich das so sagen darf, wir sind ziemlich erfolgreich.«

»Zehn Männer?«, echoe ich und schürze anerkennend die Lippen. »Und darf ich fragen, was Sie an Ihrer derzeitigen Stelle stört? Warum suchen Sie einen neuen Job?«

»Wie ich bereits sagte, sind meine unmittelbaren Kollegen allesamt Männer und ich habe gerne hübsche Frauen um mich.« Während er das sagt, sieht er kurz zu Geena, die augenblicklich zur Glühbirne mutiert.

Mir ein Lachen verkneifend, frage ich weiter: »Warum glauben Sie, sollte ich Sie einstellen? Was können Sie besonders gut?«

»Ich kann lecken wie Lassie«, antwortet Cole so trocken, wie nur er es kann. Eilig presse ich die Lippen aufeinander, um nicht laut aufzulachen. Geena sieht mich mit einer Mischung aus Empörung und Faszination an, bevor sie sich sofort wieder auf Cole konzentriert.

»Gibt es sonst noch etwas, das wir über Ihre Fertigkeiten wissen müssten?«, treibe ich das Gespräch weiter voran.

»Mir wird nachgesagt, dass die hier pures Frauenglück ist.« Er hält seine tellergroße Hand hoch und wackelt mit den kräftigen Fingern. Instinktiv möchte ich scharf einatmen, verbiete mir diesen Drang aber und verliere mich stattdessen in seinem durchdringenden Blick. Um die fein geschwungenen Lippen legt sich ein kleines Schmunzeln, welches die Grübchen auf seinen Wangen erahnen lässt. Ich starre ihn an, oder? Schnell räuspere ich mich und richte mich in meinem Stuhl auf.

Cole spürt sofort, dass der Punkt gekommen ist, dieses Spiel zu unterbrechen, und spricht weiter: »Ich wollte dich zu dem Treffen abholen, damit du nicht erst nach Hause musst, um dein Auto zu holen.«

»Woher willst du wissen, dass ich nicht mit dem Auto hier bin?«

»Ich habe heute Morgen bei deiner reizenden Assistentin angerufen und sie einfach gefragt.« Er zwinkert Geena zu, die erneut errötet und mich dann entschuldigend ansieht. Um sie nicht weiter zu verwirren, deute ich auf Cole und sage: »Geena, das ist Cole, der beste Freund von Ambers Zukünftigem.«

Die Ärmste, ob ihre Gesichtsfarbe jemals wieder normal werden wird? Hektisch reicht sie ihm die Hand, wobei ihr das Tablet vom Schoß fällt, und wispert ein »Freut mich«.

»Und mich erst«, raunt Cole und hält ihre Hand für meinen Geschmack etwas zu lang, aber wer fragt mich schon.

Das Schauspiel vor mir beschreibt ihn ganz gut. Er ist unglaublich charismatisch und hat die Gabe, andere Menschen allein durch seine Anwesenheit ruhelos werden zu lassen. Genau genommen gehört sein Name im Lexikon direkt unter den Eintrag Testosteron. Für viele Frauen ist er sicher der Inbegriff eines perfekten Mannes, und da schließe ich meine Wenigkeit nicht aus, er ist nur eben nichts für mich.

Kapitel 2

Heather

Cole geht Geena und mir voran aus dem Hochhaus, in dem die *Campell Group* ihren Sitz hat, wobei ich mir auf die Lippen beißen muss, um nicht laut aufzulachen. Geena weist mit ihrem Daumen auf Cole, drückt die Zunge gegen die Innenseite ihrer rechten Wange und macht eindeutige Handbewegungen.

»Hör auf damit«, flüstere ich und stoße ihr grinsend den Ellenbogen in die Seite, was sie aufquieken lässt. Unwillkürlich sieht Cole über die Schulter zu uns und wir gehen in Sekundenschnelle ganz gesittet nebeneinanderher her, als wäre nichts passiert.

»Im Auto hast du die Chance, Fleischtrompete zu spielen«, nuschelt sie in meine Richtung und wackelt mit den Augenbrauen.

Mit weit aufgerissenen Augen starre ich sie an und zucke mit dem Kopf in seine Richtung. »Spinnst du? Wenn er das hört …«, forme ich lautlos mit dem Mund, mache aber keinen Mucks dabei. Warum habe ich sie noch mal eingestellt? Ach

ja, wegen ihrer hervorragenden Qualifikationen. In manchen Momenten wage ich diese Entscheidung jedoch anzuzweifeln, und dieser Moment ist einer davon.
Gut, es ist nicht auszuschließen, dass ich ihr hin und wieder von Cole erzählt, vielleicht auch ein bisschen vorgeschwärmt habe. Was natürlich ganz und gar nicht professionell ist. Aber müssen diese sexuellen Anspielungen jetzt wirklich sein? Es war auch zu keinem Zeitpunkt absehbar, dass er jemals hier auftauchen und Geena feststellen würde, dass ich sogar noch untertrieben habe.
»Also dann, mein Wagen steht hier.« Geena zieht ihren Autoschlüssel aus der Handtasche und errötet, als Cole ein paar Schritte zurückkommt. Ganz der Gentleman reicht er ihr die Hand.
»Es hat mich sehr gefreut, vielleicht sehen wir uns noch einmal wieder.« Das tiefe Timbre seiner Stimme könnte den geteerten Parkplatz zum Schmelzen bringen und manchmal glaube ich, er macht das tatsächlich mit Berechnung.
»Das wäre nett.« Eben noch einen großen Hals und jetzt aussehen wie ein Ceranfeld kurz vorm Platzen.
Cole nickt ihr zu, geht wieder auf seinen prolligen Camaro SS zu und ich verabschiede mich von Geena. Als ich schon einige Meter von ihr entfernt bin, ruft sie mich noch einmal, sodass

ich mich im Gehen umdrehen muss und schockiert auf ihre Geste aus wild nach vorne rammenden Hüften stiere. Ärgerlich winke ich, damit sie aufhört, worauf sie laut auflacht und schließlich in ihren Wagen steigt. Meine Güte.

Ich öffne die Tür des schwarzen Kolosses und will mich stilvoll hineinsetzen, aber da ist kein verdammter Sitz. Wann lerne ich das endlich, erst der Po und dann der Rest. Man stelle sich das Gegenteil von elegant vor, so in etwa sehe ich gerade aus. Mein Rock rutscht etwas zu weit über die Schenkel nach oben und dadurch hätte, würde neben uns nicht ein weiterer Wagen stehen, der gesamte Parkplatz um ein Haar einen kleinen Einblick in meine Unterwäscheschublade bekommen.

»Gehts?«, kommt es vom Fahrersitz und ich höre das unterdrückte Lachen dabei eindeutig.

Ich komme mir vor wie ein dicker Marienkäfer, der auf dem Rücken liegt, rappele mich aber auf und ziehe die Beine in den Fußraum. »Alles bestens, warum?«

Eilig schiebe ich mir eine Strähne aus dem Gesicht, die sich bei dem ins Auto Plumpsen gelöst hat. »Weshalb sitzen wir nicht gleich auf der Straße? Viel fehlt ja wohl nicht mehr. Versuchst du – nur möglicherweise –, etwas mit dieser Schnittenschaukel zu kompensieren?«

Der Motor startet mit einem lauten Blubbern und Cole sieht

lächelnd zu mir rüber. »Du musst es nur einmal sagen und ich zeige dir, ob ich Kompensationsbedarf habe.«

Ich schlucke hart und schaue unwillkürlich aus dem Beifahrerfenster, während Cole losfährt und ich das sanfte Vibrieren in dem engen Ledersitz spüre, der mich geradezu einrahmt. So ist es immer. Wir unterhalten uns ganz normal und irgendwann fällt ein Wort, das uns in diese bestimmte Richtung bringt, und dann herrscht Funkstille – von meiner Seite aus. Im Grunde möchte ich genau an ebendiesem Punkt weiterreden, möchte hören, wie lange er wirklich mit dem leichten Geplänkel weitermachen würde, ehe es ernst wird. Andererseits bekomme ich einfach kein Wort mehr heraus.

Ich führe Meetings und Seminare mit Dutzenden Zuhörern, aber bei Cole versagt meine Souveränität. Interessanterweise scheint es bei ihm genau das gleiche Problem zu sein. Wenn es jemanden gibt, der immer einen passenden Spruch auf den Lippen hat, dann ihn, aber in diesem Fall ist es wohl die Ausnahme der Regel. Es ist auch nicht so, dass unser Schweigen unangenehm wäre, es ist nur irgendwie … spannungsgeladen.

Zwanzig Minuten später lässt Cole den Wagen vor dem *high inch* ausrollen, wo die anderen bereits in der Sitzecke vor dem Eingang warten und den lauen Juliabend genießen. Ich stoße die Tür auf, schwinge meine Füße aus dem Camaro und versuche ziemlich undamenhaft, aus den Tiefen des Schalensitzes hochzukommen. *Scheiß Karre!* Mit einer Hand ziehe ich mich zum Türrahmen und drücke mich gleichzeitig mit der anderen aus dem Sitz hoch.

»Na, in welchem Monat sind wir denn?«, freut sich Riley, der gerade aus der Halle kommt.

»Witzig.« Ich lache gespielt auf und zupfe meinen Rock wieder in die Länge.

Ihm gehört das *high inch*, eine Werkstatt – Verzeihung, Motorradveredlung –, bei der sich die Männer regelmäßig treffen, um irgendwelchen Kram zu machen, den Männer eben so tun.

»Hey, da seid ihr ja.« Lilly kommt auf mich zu und umarmt mich herzlich. Logan sitzt vor dem Grill und dreht Würste um, während Marissa sich handwedelnd vor dem Qualm schützen will, den der leichte Wind direkt zu ihr hinüberweht. Riley zeigt Cole irgendwas auf seinem Handy, aber … Suchend sehe ich noch einmal in die Runde. »Wo ist Mason?«

»Auf dem Klo«, antworten alle wie aus einem Munde. Cole runzelt die Stirn, sieht sich auch einmal um und geht direkt in die Halle. Sein Verhalten löst in mir ein kleines Lächeln aus. So cool und unnahbar er auch tut, wenn es um Mason geht, bröckelt diese Fassade nicht nur, sie stürzt in einem Sekundenbruchteil zusammen.

»Oh bitte, wie lange wollt ihr uns eigentlich noch mit euren schmachtenden Blicken quälen?«, seufzt Lilly auf und lässt sich theatralisch in einen der Stühle fallen. Und natürlich sie, denn als kleine Schwester ist Lilly Coles wunder Punkt. Ich tue so, als hätte ich keine Ahnung, was sie damit sagen will, schnappe mir eins der kleinen Brötchen, die im Korb auf dem Tisch stehen, und setze mich in den Stuhl neben sie.
»Wie kommt es, dass ihr zusammen hier seid?«, mischt Logan sich ein und dreht betont locker die Würstchen, um die Frage nebensächlich klingen zu lassen, doch ich bin mir der interessierten Blicke der anderen durchaus bewusst.
Aus irgendeinem unerfindlichen Grund denken sie, dass Cole und ich … Wie drücken sie es aus? Umeinander rumscharwenzeln. Ich ignoriere die Frage einfach, streife meine Schuhe ab und greife nach dem nächsten Brötchen.
»Habt ihr in der Zwischenzeit irgendwas besprochen oder sitzt er schon die ganze Zeit auf der Toilette?«, versuche ich, ein anderes Thema zu beginnen, als Cole mit langen Schritten aus der Werkstatt kommt. Er umrundet die Sitzmöbel und beugt sich zu mir herunter, um etwas zu sagen, woraufhin ich reflexartig ein Stück zurückweiche. Wenn ich seinem mein Hirn vernebelnden Duft zu sehr ausgesetzt bin, gebe ich den anderen nur wieder Stoff für ihre merkwürdigen Interpretationen.

»Ich muss los, das Dezernat hat angerufen.«

»Oh.« Warum müssen die ausgerechnet heute anrufen? Es ist Samstagabend und ich dachte, Cole würde mich noch nach Hause bringen …

Vergiss es, Heather, Cole hat dich schon öfters nach Hause gebracht, und selbst wenn es früher oder später zu einem Kuss käme, was dann? Das Ganze habe ich schon zahlreiche Male durchexerziert und komme doch immer zum gleichen Schluss: Es würde nicht funktionieren. Aus diversen Gründen, Zeitgründen zum Beispiel, glaube ich. Wenn ich nicht arbeite, arbeitet er und umgekehrt, selbst mir ist klar, dass das nicht die besten Voraussetzungen für eine Beziehung sind. Natürlich ist da noch die Frage, wie er das überhaupt sehen würde, und noch so einige andere.

»Mason wird dich nach Hause bringen«, unterbricht Cole meine Gedanken und wischt mir mit dem Daumen über den Mundwinkel, vermutlich, um einen Brötchenkrümel zu entfernen. Wie können solche riesigen Finger dermaßen zart sein? Gerade als ich antworten will, ruft er ein »Machts gut« in die Runde und geht im Laufschritt zu seinem Wagen.

***

Cole

Es dämmert bereits, als ich aus meinem Wagen steige und mir zeitgleich die Kette mit der Polizeimarke um den Hals hänge. Dutzende Streifenwagen mit zuckendem Blaulicht stehen in gleichmäßigem Abstand zueinander vor dem Tatort und von weiter weg nähert sich weiteres Sirenengeheul.

»Tut mir leid, Mann, seid ihr mit der Planung fertig gewesen?«, ruft Sam, mein Partner, mir über den Lärm des direkt neben uns verlaufenden Highways zu. Er klopft mir zur Begrüßung auf die Schulter, dabei ist unser Dienstschluss noch nicht einmal drei Stunden her.

»Ich weiß bereits seit ein paar Tagen Bescheid und die anderen sitzen noch zusammen«, antworte ich ihm und wir gehen auf die gelbe Flatterleine zu, an der sich Schaulustige versammelt haben, um einen Blick auf den Tatort zu werfen. Wie machen die das? Sie sind meistens schon vor uns hier. Warten die, dass endlich einer umgebracht wird, um dann als Erste glotzen zu können, oder was?

»Warst du schon hier?«, frage ich und Sam schüttelt verneinend den Kopf. Im Gehen zeige ich meine Marke in Richtung einer der Streifenpolizisten, die darauf achten, dass das sensationsgeile Pack auch hinter der Absperrung bleibt. Ich hebe das Band leicht an und schwinge mich darunter her. Nur einen Meter weiter steht ein Mitarbeiter der Spurensicherung, keine Ahnung, wer genau das ist, in ihren weißen Schutzanzügen sehen sie alle gleich aus. Wie Teletubbies, denen die Farbe ausgegangen ist. Er weist einige Streifenpolizisten ein, wo sie Strahler verteilen sollen, um den Platz so hell wie möglich zu erleuchten. Als er uns sieht, hält er uns Einmalhandschuhe entgegen und deutet geradeaus.

»Wer hat sie gefunden?«, frage ich und ziehe die Latexdinger über.

»Ein Jogger, er sitzt im Rettungswagen und ist noch nicht vernehmungsfähig.«

Inmitten dieser ersten Absperrung befindet sich eine zweite, die auch wir nicht ohne Weiteres betreten dürfen, bevor die Spusi durch ist. Zwei Polizisten verlassen gerade das abgesperrte Areal und steigen in den Streifenwagen. In Anbetracht ihrer nicht vorhandenen Gesichtsfarbe waren sie diejenigen, die nach Meldung des Leichenfunds als Erste vor Ort waren und den Verdacht auf Fremdverschulden festgestellt haben. Ansonsten wären wir nicht hier und ich hätte Heather nach Hause bringen können.

Einer der Teletubbies winkt uns zu, was bedeutet, dass wir jetzt den gesicherten Bereich betreten dürfen. Inzwischen bin

ich fünf Jahre Sergeant beim Morddezernat und doch muss ich noch immer schlucken, wenn ich das kleine Zelt sehe, auf das wir gerade zugehen.
Vorsichtig schlängele ich mich durch die unzähligen Metallkoffer der Spurensicherung, als Joona unter dem weißen Dach auftaucht. Sie spricht etwas in ihr Diktiergerät, was ich aufgrund der Geräuschkulisse aus fahrenden Autos, Sirenen und Hundegebell nicht hören kann. Als ich bei ihr ankomme, sieht sie zu mir auf und lächelt. »Hey Cole, wie lief die Planung für morgen? Kann der Heiratsantrag losgehen?«
»Und ob, Mason überlässt wie immer nicht das kleinste Detail dem Zufall. Wenn sie auf der Schleimspur nicht ausrutscht und aus Versehen Ja sagt, weiß ich auch nicht.« Ich deute auf das Zelt. »Was hast du für uns?«
Kurz kommt mir der Gedanke, dass wir auf Außenstehende möglicherweise desinteressiert wirken könnten. Dass es den Eindruck macht, es wäre uns egal, dass hier eine Frau liegt, die ums Leben gekommen ist. Die Wahrheit ist jedoch, dass wir es so handhaben müssen, um nicht vollkommen durchzudrehen. Wenn wir jeden Fall an uns heranlassen und uns den Kopf darüber zerbrechen würden, wer das Opfer war, ob es Kinder oder Familie hatte, vielleicht ein enges Verhältnis zu seinen Eltern, wir würden reihenweise den Dienst quittieren.

So herzlos es sich auch anhört, wir müssen das hier als einen von vielen Fällen sehen, nicht mehr und nicht weniger. Eine Sachlage, in der wir schnellstmöglich – so jedenfalls immer die Hoffnung – eine Auflösung finden sollen.

»Als vorläufige Todesursache kommt nur der Stich ins Herz in Betracht. Ich schätze, sie war binnen Sekunden tot«, erklärt Joona. »Ansonsten hat sie, zumindest auf den ersten Blick, keine weiteren Verletzungen. Keine Anzeichen dafür, dass sie sich gewehrt hat, demnach auch keine DNA unter den Nägeln. Allerdings kann ich das erst nach der abschließenden Obduktion mit Sicherheit sagen.«

Jemand von der Spurensicherung kommt auf uns zu und hält eine Klarsichttüte hoch – der Ausweis des Opfers. Ich nehme ihn an mich und sehe in das lächelnde Gesicht einer hübschen Frau mit langen, dunklen Haaren. Dem Geburtsdatum nach ist sie gerade einmal fünfundvierzig Jahre alt gewesen.

»Vincent«, rufe ich den mit Ende zwanzig Jüngsten in unserem Team, der sofort zu mir gelaufen kommt, und gebe ihm das Tütchen. »Überprüf, ob sie irgendwo Familie hat.«

Noch einmal lasse ich meinen Blick über den Tatort wandern, beobachte die vielen Spurensicherer, die vermutlich noch die nächsten Tage für ihre Arbeit brauchen werden, Hundeführer, die mit ihren Diensthunden die nähere Umgebung absuchen,

und die unzähligen Schaulustigen, die inzwischen von Kollegen befragt werden. Mein Gefühl sagt mir jedoch, dass der Täter inzwischen weit genug weg sein wird.
Links die meterhohe Mauer einer Brücke, die gegen unerwünschte Blicke abschottet, und etwa zehn Meter nach rechts, hinter einem dicht bewachsenen Grünstreifen, befindet sich der Highway. Einen Zeugen zu finden, dürfte damit ziemlich schwierig werden. Die Ecke ist schwer einsehbar, noch dazu machen die Autos und Lastwagen einen Höllenlärm. Selbst wenn die Frau um Hilfe gerufen hat, ist es aufgrund dessen eher unwahrscheinlich, dass sie jemand gehört hat.
Nachdenklich werfe ich einen kurzen Blick in das Zelt und schließe schwer atmend die Augen, als ich sie sehe. Sagte ich nicht vorhin noch, dass es sich für uns um eine Sachlage handelt und es unser einziges Ziel ist, diese schnell aufzulösen? Das ist die Theorie, sie klappt meistens, aber leider nicht immer.

Kapitel 3

Heather

»Ich denke, du solltest ihn einfach ein bisschen mehr anhimmeln, dann verliert Cole in Nullkommanichts das Interesse an dir«, reißt Marissa mich aus den Gedanken und unterstützt ihre Aussage mit einem Nicken.

Ich sehe kurz zu ihr hinüber und blicke dann wieder auf die Straße. »Als würde ich ihn nicht schon immer anschmachten wie Don Geilo persönlich.«

»Don Geilo? Kenn ich nicht.«

Grinsend sehe ich in den Rückspiegel und erkenne drei Motorräder, die ziemlich schnell näher kommen. Das Erste von ihnen ist pechschwarz, genau wie die Kleidung seines Fahrers. Ein Kribbeln überzieht meine Haut, was mich langsam aggressiv macht. Ich rutsche unruhig auf dem Fahrersitz umher und versuche, es zu unterdrücken, während Marissa mich feixend mustert. Jetzt reiß dich aber auch mal zusammen und konzentrier dich wieder auf das Gespräch.

»Hmm …«, setze ich an und halte inne. Vielleicht ist da was dran und ich müsste nur noch mehr schmachten? Aber was ist, wenn ich eigentlich gar nicht will, dass er sein Interesse verliert? Lautstark dröhnend überholen uns die Motorräder im gleichen Moment und der Sozius auf dem schwarzen Monstrum winkt uns zu – Lilly. Dahinter fahren Logan und Riley an uns vorbei. Sie drosseln kurz ihr Tempo, winken und geben dann wieder Gas, um geräuschvoll davonzurasen. Marissa ist Rileys Angestellte und die beiden verstehen sich ausnehmend gut. Von daher wundert es mich ein wenig, dass sie bei mir mitfährt, anstatt bei ihm auf dem Zweirad zu sitzen.

»Im Grunde ist es ganz einfach: Männer sind Jäger, die irgendwas erlegen wollen oder so«, predigt sie weiter. »Je mehr das Wild – also wir Frauen – sich ziert, desto motivierter ist der Jäger in ihm, es endlich niederzustrecken. Was so viel heißt wie flachlegen.«

Stirnrunzelnd sehe ich zu ihr hinüber und zurück auf die Straße. »Also soll ich mich ihm jetzt an den Hals schmeißen, weil er das Abendessen in Form eines Säbelzahntigers – also mich – jagen möchte und ihm das durch mein anbiederndes Verhalten verwehrt wird?«

»Ganz genau.« Marissa nickt bestätigend, fischt nach irgendetwas in ihrer Handtasche und hält mir kurz darauf einen Snickers hin, den ich kopfschüttelnd ablehne.

»Und du meinst nicht, dass der ambitionierte Jäger den willigen Säbelzahntiger trotzdem auffrisst, um seinen Hunger zu stillen?«

»Hmm«, brummt Marissa kauend und scheint sich der Sache nun auch nicht mehr ganz so sicher zu sein.

»Vielleicht solltest du deine Theorie noch mal überdenken, und pass auf, dass du die Schokolade nicht in meinem Auto verteilst.«

Nachdenklich schiebt sie sich den Rest des Schokoriegels in den Mund und würgt ihn Sekunden später mit schmerzverzerrtem Gesicht herunter.

»Wo ist überhaupt dein Problem? Es gibt sicher sehr viel Schlimmeres, als sich von Sergeant McAllister die Handschellen anlegen zu lassen.« Sie wackelt anzüglich mit den Augenbrauen und ich sehe starr wieder auf die Straße. Damit hat sie einen weiteren, wesentlichen Grund für Cole und meine Inkompatibilität auf den Punkt gebracht. Es ist ein offenes Geheimnis, dass er … Tja was genau eigentlich?

Amber hat uns vor Monaten bei einem feuchtfröhlichen Mädelsabend erzählt, dass Cole im Schlafzimmer gerne das Sagen hat. Keine Ahnung, was das im Einzelnen bedeutet oder wie weit eben diese Macke bei ihm geht. Gibt er Anweisungen, die seine Sexpartnerin befolgen soll? Oder schlägt er sie mit irgendwelchen Hilfsmitteln grün und blau?

Wie auch immer, seit ich es weiß, sehe ich ihn mit anderen Augen. Einerseits stößt es mich ab, wir Frauen haben nicht jahrelang um unsere Emanzipation gekämpft, um den Kerlen dann die Füße zu küssen. Andererseits macht vielleicht gerade das ihn so unverschämt interessant? Es ist neu, unbekannt und einfach … Nein, Heather, es ist abstoßend.

»Na, baumelst du gedanklich schon in seinem Schlafzimmer an der Decke?«, fragt Marissa grinsend und ich schlage ihr lachend mit der flachen Hand auf den Oberschenkel.

Munter reißt sie den nächsten Snickers auf und schiebt ihn sich in den Mund. Ich kann die braunen Flecken schon förmlich auf dem hellen Leder sehen. Ich hänge meinen Gedanken nach, genau genommen hänge ich eher gedanklich irgendwo in Coles Wohnung und bevor ich es stoppen kann, spreche ich es aus. »Meinst du wirklich, er besitzt so ein Sadomaso-Zimmer mit Ringen, Seilen und irgendeinem Gestell an der Decke, an das er Frauen fesselt?«

Marissa sieht mich leicht verwirrt an und fängt an zu lachen. »Vielleicht solltest du deiner Neugierde einfach mal nachgeben. Womöglich bist du dann sogar enttäuscht und der Drops ist gegessen.«

»Gelutscht.«

»Was gelutscht?«

»Der Drops ist gelutscht und ich bin nicht neugierig«, antworte ich schmunzelnd und biege von der Straße auf den unbefestigten Strandparkplatz ab, wobei der trockene Sand unter meinen Reifen aufwirbelt.

»Ihr würdet uns anderen einen Gefallen tun, wenn er seinen Aal endlich in dir ersticken würde.«

Ohne auf ihre gewählten Worte, die ich heute nicht zum ersten Mal höre, einzugehen, strecke ich meinen Arm vor ihrem Gesicht aus und zeige auf Masons Audi A6. »Sie sind schon da.«

Wie gestern abgesprochen, fahre ich links am Hotel vorbei, um das Auto dahinter auf dem Personalparkplatz abzustellen. Schließlich soll Amber noch nicht wissen, dass wir alle hier sind. Offiziell ist sie vor Ort, um das sechsmonatige Bestehen von Davids Stiftung zu feiern – ihrem zukünftigen Schwiegervater.

In dem Augenblick, als mein weißes Mercedes-Cabrio zum Stehen kommt und keinerlei Fahrtwind mehr entsteht, bricht uns der Schweiß aus. Obwohl wir jetzt so nah am Wasser sind, weht kaum Wind und ich fahre mir mit der Hand über die feuchte Stirn. Cole, der gerade telefoniert, blickt zu uns auf, und sobald ich aus dem Wagen gestiegen bin, gleitet sein Blick schamlos über meinen Körper. Auf Höhe der Brüste pausiert er sehr viel länger, als angemessen wäre – wie praktisch immer, wenn wir uns sehen. Leider auch wie immer richten sich meine verräterischen Brustwarzen dadurch auf und drücken gegen die Körbchen des BHs. Da mir auch das nicht neu ist, habe ich Vorkehrungen getroffen und trage nur noch gepolsterte. Endlich kommt sein Blick in meinem Gesicht an, was ich mit hochgezogenen Augenbrauen registriere. Und was macht er? Grinst mich ungeniert an.

Marissa geht zu den anderen, die mit erhitzten Gesichtern auf einer Bank im Schatten sitzen. Ich lehne mich mit dem Hintern gegen den Kotflügel meines Wagens und warte auf Cole, der mit Mason zu sprechen scheint. Die Sonne blendet, sodass ich die Lider schließe und den Kopf in den Nacken lege.

»Hey Marilyn.«

Ob er sich das jemals abgewöhnen wird? Seit unserem ersten, na ja eigentlich zweiten Treffen nennt er mich vermutlich aufgrund meiner Haare und des roten Lippenstifts Marilyn. Ich öffne die Augen und schaue zu Cole auf, der mir im wahrsten Sinne des Wortes in der Sonne steht. Statt mir ins Gesicht zu sehen, liegt sein Blick auf meinem Hals. Genau auf der Stelle, an der gefühlt ein einzelner Tropfen Schweiß herunterfließt. Viel zu sanft streicht er mit einem Finger daran entlang und fängt ihn auf, wobei ich die Luft anhalte. Wie hypnotisiert beobachte ich, wie er die Feuchtigkeit zwischen den Fingern verreibt, und nicht zum ersten Mal habe ich das Gefühl, als würde um uns herum nichts mehr existieren. Als stünden nur noch wir beide auf diesem Platz, wo ich unter seinem glühenden Blick verbrenne.

»Ich gehe kurz zu Mason ins Hotel, telefonieren reicht wohl nicht, sonst fängt er noch an zu heulen«, zerstört er den Moment, dreht sich um und geht in Richtung Hoteleingang, als wäre nichts gewesen, während ich kurz davor bin, eine Tüte zu suchen, um keine Schnappatmung zu bekommen.

Ich weiß, wenn ich Cole nur einmal sagen würde, dass er mich nicht so ansehen, mich nicht so berühren soll, dann würde er es lassen. Das Problem ist nur, dass irgendein kranker Teil in mir das überhaupt nicht will.

Kapitel 4

Cole

Heather hält ihren Kopf gesenkt und beobachtet, wie die kleinen Wellen über ihre nackten Füße hinwegschwappen, bevor sie im Sand auslaufen und sich ins Meer zurückziehen. Das hellblonde Haar weht ihr vor die Augen und ich gehe auf sie zu, als Lilly anfängt zu schreien.

»Seht mal, entweder sie liegen da übereinander, weil sie sich prügeln, oder aber sie hat Ja gesagt.« Sie zeigt auf die gigantische Sandskulptur in einigen Metern Entfernung – dem Kampfhamster.

Ohne dass ich es steuern kann, fange ich an zu grinsen und sehe zu Heather, die ebenfalls strahlend in die gleiche Richtung sieht. Sie kann sich so ehrlich für andere freuen, wie ich es noch nie bei jemandem erlebt habe. Ich starre sie schon wieder an, oder? Selbst wenn sie laut über irgendwas zu lachen beginnt, stehe ich jedes Mal kurzzeitig neben mir. Die Jungs reißen schon Witze darüber, aber was soll ich machen? Es ist ja nicht so, dass ich es mir ausgesucht habe.

Heather ist … eigentlich gibt es gar kein Wort, das sie beschreibt. Sie ist intelligent, selbstbewusst, vollkommen ungekünstelt und absolut nicht auf den Mund gefallen. Dass sie zusätzlich noch die Sinnlichkeit in Person verkörpert, ist das Extra, welches sie in meinen Augen beinahe unwirklich macht. Und das Beste ist, es scheint ihr oftmals nicht einmal bewusst zu sein.

Sie schiebt sich mit einer Hand die Haare aus dem Gesicht und fasst sie zu einem Pferdeschwanz zusammen, als sie auf mich zukommt. Ihre roten, vollen Lippen immer noch lächelnd. Das sind sie immer, tiefrot. Ansonsten ist sie nicht geschminkt, glaube ich zumindest. Beim Anblick, wie der Wind das weiße Sommerkleid an ihre vollen Brüste und diese weiblichen Hüften drängt, muss ich schlucken, damit mir der Sabber nicht gierig aus den Mundwinkeln läuft. Meine wahr gewordene Marilyn.

Als sie fast bei mir ist, setze ich mein nettestes Lächeln auf und überlege schnell, was ich Kluges sagen könnte. Irgendwas, das sich nicht hohl anhört, aber auch nicht, als wäre ich heiß auf sie wie ein Käsefondue, was ich genau genommen ja bin.

Äh, was wird das? Die geht jetzt aber nicht grinsend an mir vorbei … Empört drehe ich mich nach ihr um und sehe Lilly um sie herumtänzeln. Was zur Hölle … Im Augenwinkel registriere ich, wie Logan mich anglotzt und sich das Lachen kaum verkneifen kann.

»Maul halten«, ranze ich ihn an und er klopft mir prustend auf die Schulter, was ich mit hochgezogener Augenbraue kommentiere. Warum schafft diese Frau es immer wieder, dass ich mir wie der Chefhirni vorkomme? Energisch stampfe ich weiter durch den Sand, als die anderen, kurz vor dem Sandhamster angekommen, wie die Irren anfangen zu grölen und ihre Glückwünsche schon jetzt mitteilen. Allen voran Heather und Lilly, die die restlichen Meter laufen und sich zu Mason und Amber in den Sand werfen.

Nur Sekunden später komme auch ich an und sehe, wie sich Masons Augen mit Tränen füllen, was auch mich einmal kurz schlucken lässt. Natürlich heul ich nicht, schließlich bin ich ein richtiger Kerl. Dennoch schiebt sich flüchtig das Bild von ihm, auf der Straße liegend, vor mein inneres Auge. Ich glaube, ich hatte noch nie solche Angst wie in dem Moment, als ich dachte, er würde dort vor unseren Augen sterben. Aber das ist eine andere Geschichte, die lange hinter uns liegt.

Stürmisch ziehe ich ihn in eine Umarmung und tätschele ihm liebevoll grob das Gesicht. Wir sind bestimmt keine Pussys, aber wie oft bittet man schon die Frau, mit der man alt und runzlig werden will, um ihre Hand. Alle knutschen und umarmen sich, während die zukünftigen Schwiegereltern den mitgebrachten Champagner öffnen. Lilly hält ihnen die Gläser hin und verteilt sie, sobald sie gefüllt sind. Wie Logan sie dabei anstiert gefällt mir allerdings ganz und gar nicht. Noch weniger gefällt mir, dass sie darunter zu zerfließen scheint.

»Na, wer ist jetzt wieder Opfer deines unerbittlichen Killerblicks?«, spricht Heather mich von der Seite an und reicht mir ein Glas. Lächelnd blickt sie zu Logan und zurück zu mir. »Was ist eigentlich dein Problem? Logan ist ein toller Mann und Lilly kann sogar schon alleine auf die Toilette gehen. So klein ist sie also gar nicht mehr.«

Brummend nehme ich einen Schluck von dem ekelhaften Gesöff. »Lilly hat einen schlechten Männergeschmack.«

Heather setzt sich im Schneidersitz in den Sand und sieht auffordernd zu mir hoch, sodass ich mich neben sie setze. Ihre Haarspitzen wehen gegen meinen freien Oberarm und ich muss mich von dem wohligen Gefühl wegreißen, als sie weiterspricht.

»Logan sieht außerordentlich gut aus, er hat Manieren, Humor und irgendwann erbt er eine millionenschwere Firma.« Sie nimmt einen Schluck Champagner und sieht mir ins Gesicht. »Ich denke, da gibt es bestimmt schlechtere Kandidaten.«

»Ich rede auch nicht von Logan. Lilly hat …« Abwägend sehe ich Heather an und entscheide mich dazu, weiterzureden. »Ihr Exfreund hat sie ziemlich schlecht behandelt und ich lasse nicht zu, dass das noch einmal passiert.«

»Das wusste ich nicht«, wispert sie leise und blickt einen Moment lang auf ihr Glas, bevor sie wieder zu mir aufsieht. »Aber du kennst Logan doch, er würde das nie …«

»Das habe ich von ihrem Ex auch gedacht. Ein ganz feiner Kerl, aber nur so lange, bis die Wohnungstür hinter ihnen geschlossen war«, unterbreche ich sie barsch und schütte den Inhalt meines Glases komplett in mich.

»Du hast es nicht gemerkt, oder?«

Weil ich es nicht zugeben, sie aber auch nicht anlügen will, sehe ich sie einfach nur an, bis sie sich elegant erhebt und mir das Glas aus der Hand nimmt.

»Noch einen?«

Lächelnd nicke ich und sehe zu, wie sie zum Korb rübergeht und uns nachschenkt. Bei jedem ihrer Schritte graben sich ihre Füße in den weichen Sand und die rot lackierten Fußnägel verschwinden darin. Was zur Hölle hat sie nur an sich? Ich mag streng genommen gar keine lackierten Fußnägel und Lippenstift genauso wenig.

»Hier.« Sie reicht mir ein Glas, setzt sich mit ausgestreckten Beinen wieder neben mich und ordnet den langen Rock ihres Kleides auf den Schenkeln. »Schön, wie glücklich die beiden sind.« Sie sieht über die Schulter zu Mason und Amber und ich muss unwillkürlich lächeln, fange mich aber gleich wieder.

»Jetzt wird er den Kampfhamster nie mehr los.« Und das ist auch gut so, schiebe ich in Gedanken hinterher, kann es aber unmöglich zugeben. Irgendwie gehört es inzwischen zum guten Ton, dass Amber und ich uns *eigentlich* nicht mögen. Das erste Mal, als wir vier uns zufällig im Park beim Joggen trafen, artete es aufgrund von Ambers großer Klappe etwas aus. Na gut, möglicherweise war ich auch nicht ganz unschuldig, aber wie sollte ich mir auch einen Spruch verkneifen, wenn sie nach zehn Metern schon um ein Sauerstoffzelt bettelt?

»Herzlichen Glückwunsch an das zukünftige Paar«, ertönt eine Stimme hinter uns und ich drehe mich im Sand herum. Ein Kellner des Hotels reicht Mason und Amber die Hand, bevor er sich uns zuwendet. »Aus gegebenem Anlass bediene ich Sie heute am Strand. Wem darf ich denn etwas zu trinken bringen?«

»Na, das wurde aber auch Zeit«, blöke ich los und ordere mir einen Whiskey. Als alle etwas bestellt haben, zottelt er über die Düne davon und ich wende mich wieder Heather zu.

Heilige Scheiße. Sie hat sich hingelegt, mit den Ellenbogen abgestützt und ihren Kopf in den Nacken zurückfallen lassen, sodass ihre Haare sich im Sand aufbauschen. Hart schluckend wandert mein Blick über ihre geschlossenen Augen zu ihrer Stupsnase und diesem verdammt perfekten Mund, für den sie einen Waffenschein bräuchte. Mein Schwanz zuckt und ich wende mich unverzüglich von ihr ab. Schnell an was Ekelhaftes denken: Hämorriden, Arschhaare, Mundgeruch. Scheint zu funktionieren. Ich sehe wieder zu ihr, an ihrem schmalen blassen Hals entlang, über die Mulde zwischen ihren Schlüsselbeinen und zum Ansatz ihrer mordsmäßigen …

»Cole.«

Erschrocken zucke ich zusammen und schaue zurück in ihr Gesicht, sehe, dass ihre Augen noch immer geschlossen sind. »Was denn?« Schnell einen Schluck Champagner.

»Wie lange willst du mir eigentlich noch auf die Möpse starren, immer wenn wir uns treffen? Langsam solltest du doch wissen, wie sie aussehen.«

Hää? Hustend spucke ich den Champagner aus meinem Mund wieder in das Glas und sehe sie überrascht an. Sie lächelt wissend und öffnet die Augen genau in dem Moment, als der Kellner mit unseren Getränken wiederkommt und ihr eins reicht.

»Einmal Sex on the Beach für die Dame«, sagt er pissfreundlich, wobei ihm eine seiner schmierigen Gel-Locken ins Gesicht rutscht und er widerlich grinst.

»Ey, Kollege«, erwidere ich und der Kellner glotzt mich an. »Wenn der Dame irgendeiner Sex on the Beach gibt, dann bin ich das.« Ungehalten nehme ich mir mein Whiskeyglas selbst von seinem Tablett, das dadurch verdächtig zu wackeln beginnt, und er hat Mühe, es wieder auszupendeln. Gel-Locke taxiert mich kurz und geht wortlos weiter, um seine beschissenen Drinks zu verteilen.

»Was war das?«

Das ist eine verdammt gute Frage. Heather sieht mich völlig emotionslos an. Das tut sie oft und ist damit die erste und einzige Frau, bei der ich manches Mal nicht weiß, was sie denkt. Ist sie jetzt ärgerlich, oder macht sie sich über mich lustig? Ich sehe einmal betont zu ihren Brüsten herunter und wieder in ihre Augen, in denen es jetzt verräterisch funkelt.

»Revierverhalten«, antworte ich und nippe andächtig an meinem Whiskey, der mir brennend die Kehle hinunterläuft.

Zwei Stunden später machen wir uns auf den Weg zurück ins Hotel. Heather und Lilly torkeln einige Meter vor uns her über den Schotterparkplatz und grölen irgendwas, das sich entfernt nach einem Song von Whitney Houston anhört. Aber wirklich nur sehr weit entfernt. In der Lobby des Hotels bleibt Heather plötzlich stehen und ich renne in sie hinein.

»Ist was?«, frage ich und sehe den anderen nach, die schon in die hoteleigene Bar gehen.

»Ich will jetzt ins Bett.« Damit dreht sie sich auf den Hacken in die entgegengesetzte Richtung und torkelt auf die Fahrstühle zu.

Abwägend sehe ich von der halb besoffenen Heather zum Bareingang und seufze auf. »Warte, ich bringe dich schnell hoch.«

Während wir auf einen Fahrstuhl warten, steht sie mit der Stirn gegen die Wand gelehnt da und stöhnt leise vor sich hin. »Ich fürchte, ich bin leicht angetrunken.«

Spöttisch ziehe ich eine Augenbraue hoch und sehe auf ihren Hinterkopf. »Sag bloß, ist mir noch gar nicht aufgefallen.«

»Ich finde auch alleine ins Zimmer, geh nur.« Sie winkt wirr in der Gegend herum, ohne jedoch ihr Gesicht von der Wand zu nehmen. Endlich öffnen sich die Fahrstuhltüren und ich lege meinen Arm um ihre Taille, um sie zu stützen.

Da wir alle auf einer Etage wohnen, drücke ich die Fünf und der Aufzug schließt sich wieder. Wenig später stehen wir vor ihrem Zimmer und sie löst sich von mir, um die Tür aufzuschließen. Ihr Duft nach Vanille und dem fruchtigen Cocktail steigt mir in die Nase, als sie plötzlich zu mir rumwirbelt und uns nur noch Zentimeter trennen. Ohne es zu wollen, fixiere ich ihre Lippen und muss hart schlucken.

»Hast du dir schon mal vorgestellt … also … mich … auszupeitschen?«

Keine Ahnung, welche Empfindung über ihre Frage gerade stärker ist, Verblüffung oder Belustigung. Meine Mundwinkel zucken, aber ich will sie nicht auslachen, sodass ich ehrlich antworte: »Nein, Heather, das habe ich nicht.«

Augenblicklich verändert sich ihr Gesichtsausdruck und fast glaube ich, einen Anflug von Enttäuschung auszumachen. »Nicht?« Sie senkt ihren Blick auf meine Brust und runzelt die Stirn. »Ich dachte … na ja, ich habe angenommen, dass du und ich …« Sie sieht wieder zu mir auf. »Das da irgendwas ist.«

Oh Fuck. Gequält schließe ich kurz die Augen und bete mir selbst vor, dass sie zu viel getrunken hat. Ansonsten würden wir dieses Gespräch aller Wahrscheinlichkeit nach gar nicht erst führen. Der Fahrstuhl links von uns öffnet sich ein weiteres Mal und ein Pärchen steigt aus, das uns jedoch nur am Rande registriert, bevor es im Zimmer gegenüber verschwindet.

Eilig dreht Heather sich um und geht in ihr Zimmer. »Danke, dass du mich hochgebracht hast, ich komme jetzt klar.«

Sie sieht noch einmal flüchtig zu mir hoch und will die Zimmertür schließen, als ich schnell einen Schritt nach vorne mache und mich zu ihr in den Raum dränge. Ich werfe die Zimmertür hinter mir zu, ziehe Heather an ihrem Handgelenk davor und drücke sie mit meinem Körper dagegen. Erschrocken schnappt sie nach Luft und ich erfasse augenblicklich, dass sich ihre Brüste hektisch auf und ab bewegen. Ihre großen blauen Augen sehen mich erwartungsvoll sowie mit einer Mischung aus Neugier und Furcht an. Alleine bei diesem Anblick könnte ich mit sofortiger Wirkung kommen.

Ich fahre mit meiner Nase von ihrem Schlüsselbein bis zu ihrem Ohr hoch und inhaliere ihren betörenden Duft. Verdammt, wie oft habe ich dieses oder ähnliche Szenarien im Kopf durchgespielt, doch es kommt nicht im Entferntesten an das wahre Gefühl von ihr in meinem Arm heran.

»Ich habs nicht so mit Peitschen«, flüstere ich und knöpfe zeitgleich den Ausschnitt ihres Kleides bis zum Bauchnabel auf. Geht das nicht zu schnell? Ihr Atem geht flach, der Puls in ihrem Hals schlägt sichtbar und sie kneift ihre Knie zusammen. Ein Teil von mir weiß, dass ich mich jetzt zusammenreißen muss. Andererseits bettelt alles an ihr darum, dass ich sie berühre, und so schiebe ich ihr, ohne lange darüber nachzudenken, die beiden schmalen Träger des Kleides über die Schultern. Der dünne Stoff rutscht geradewegs bis zu ihrer Hüfte hinunter, wo er durch unsere eng aneinander stehenden Körper gestoppt wird. Heilige Scheiße, das ist absolut irreal.

»Frag mich, ob ich mir schon mal vorgestellt habe, wie perfekt deine Haut aussieht«, raune ich, fahre mit den Fingern am Rand ihres trägerlosen BHs entlang und beobachte fasziniert die dabei entstehende Gänsehaut. Dann hake ich meine Finger hinter die Cups und suche in ihrem Blick nach einem Widerstand, der jedoch nicht kommt, sodass ich sie nach unten klappe.

Ach du heilige Scheiße … Wie oft habe ich sie schon durch ihre Kleidung hindurch studiert, doch ich muss erneut feststellen, dass die Realität weit über meiner Vorstellungskraft liegt. Ich schlucke hart, um mich selbst unter Kontrolle zu bringen, und streiche vorsichtig über die Ansätze ihrer Brüste. Noch immer kommt kein Einwand. Beinahe ehrfürchtig umfasse ich ihre volle Brust, die weich und schwer in meiner Hand liegt; und ziehe Heather mit der anderen Hand im Rücken noch näher an mich heran.

»Frag mich, ob ich mir schon mal vorgestellt habe, wie sie

sich anfühlen«, flüstere ich, beuge mich herunter und lecke über die rosigen Nippel, die sich hart zusammengezogen haben, und Heather stöhnt leise auf. Alleine dieses Geräusch schießt mir wie ein Stromschlag durch die Venen und endet in meinem schmerzhaft pochenden Schwanz.

Obwohl es die gesetzte Grenze eigentlich schon überschreitet, schiebe ich das Kleid über ihre Hüften nach unten, von wo aus es selbst zu Boden fällt. Ihre Fingerspitzen streichen sanft über meine Arme, als ich mit den Händen seitlich an ihren Oberschenkeln nach oben streiche. Ich will nur einmal wissen, wie sie sich anfühlt, bevor sie sich morgen wieder zurückzieht, als wäre nichts gewesen. Ihre Muskeln in den Beinen zittern und sie lässt mich ihre Nägel spüren, als ich zwei Finger über den Bund ihres Höschens entlangfahren lasse. Wenn sie nicht wollte, hätte sie es jetzt schon längst gesagt, stattdessen sieht sie mich flehend an und zeigt damit stumm, dass ich weitermachen soll. Ohne Zeit zu verlieren, schiebe ich meine Finger in das Höschen zwischen ihre Schenkel und spüre die Nässe. Sie ist schon jetzt mehr als bereit, ich müsste einfach nur die Hose runterziehen. Vermutlich bekomme ich diese Chance nie wieder. Haltsuchend krallt sie sich an meinen Schultern fest, als meine Finger durch ihre Spalte gleiten, und keucht leise auf. Anstatt sich mir zu entziehen, drängt sie sich mir entgegen und ich spüre bereits, wie sich meine Hoden zusammenziehen. So sehr ich auch wollte, kann ich mich jetzt nicht mehr vollkommen beherrschen und dringe mit einem Finger in sie ein, was sie qualvoll schön zum Stöhnen bringt. Nicht genug von ihr kriegend, nehme ich einen weiteren Finger dazu und reibe mit dem Handballen über ihre geschwollene Klitoris. Ich weiß nicht, was sich mehr bewegt, meine Hand oder sie, die sich daran reibt. Gänsehaut überzieht mich, als wir bei den wilder werdenden Bewegungen immer wieder gegen meinen pulsierenden Schwanz stoßen.

»Oh Gott, Cole.« Sie krallt ihre Finger schmerzhaft in mein Haar, sieht mir mit geweiteten Pupillen direkt in die Augen, bis ich ihre Kontraktionen um die Finger spüre und gleichzeitig in meine Hose komme.

Erschöpft lehnt sie ihr Gesicht an meinen verschwitzten Hals und durch das Shirt hindurch kann ich spüren, dass ihr Herz ebenso rast wie meins.

»Frag mich, ob ich mir schon mal vorgestellt habe, dich nur mit den Fingern kommen zu lassen.«

Kapitel 5

Heather

Wunderbar, ich weiß schon, warum ich meistens länger arbeite als die übrige New Yorker Bevölkerung. Der Verkehr bewegt sich nur im Schritttempo und die Allgemeinheit scheint zu glauben, dieses Problem alleine durch das dauerhafte Betätigen der Hupe ändern zu können. Anführer der Wildgewordenen ist der Typ im Wagen hinter mir. Ruhelos trommele ich auf das Lenkrad und werde vom Klingeln des Handys unterbrochen.

»Moore.«

»Sag jetzt nicht, du hast mich vergessen und bist noch auf der Arbeit?«, quakt Ambers Stimme mir durch die Radiolautsprecher entgegen.

»Welch nette Begrüßung. Nein, das sage ich jetzt nicht.«

»Hä, was sagst du jetzt nicht?«

Grinsend verdrehe ich die Augen.

»Was ist denn das für ein Krach im Hintergrund?«, fragt sie weiter.

»Das ist der Großhirnkastrat hinter mir.« Parallel zu meinen Worten drehe ich mich um und zeige ihm meinen ausgestreckten Stinkefinger, den er, ohne mit der Wimper zu zucken oder seine andere Flosse von der Hupe zu nehmen, erwidert. Schnaufend drehe ich mich wieder nach vorne. »Ich komme, so schnell ich kann.«

Sätze wie »Das hat sie zu deinem Bruder bestimmt auch gesagt« und »Hör auf, das Bild werde ich jetzt nie wieder los« hallen als Stimmengewirr im Hintergrund durchs Wageninnere und mir schwant Schlimmes.

»Amber, wollten wir uns nicht nur kurz auf einen Kaffee treffen?«

»Bis gleich.« Dazu hysterisches Gekicher, bis es in der Leitung knackt und das Radio wieder beginnt, Musik zu spielen. Herrlich, ganz offenbar wartet also nicht nur die Inquisition à la Amber auf mich, sondern Lilly und Marissa sind gleich mit von der Partie.

Genervt konzentriere ich mich wieder auf die Autoschlange vor mir und versuche, den Lärm um mich herum auszublenden. Inzwischen lehnen sich sogar einige Autofahrer aus dem Fenster und drohen sich gegenseitig Schläge an. Das wird mir jetzt doch zu heikel und ich drücke den Knopf, damit sich das Dach des Cabrios schließt. Im Augenwinkel sehe ich mein Handy, das neben der Handtasche auf dem Beifahrersitz liegt.

Cole hat im Laufe des Tages dreimal versucht, mich anzurufen, und selbst wenn ich es mitbekommen hätte, wäre ich wahrscheinlich nicht rangegangen. Vermutlich will er unseren kleinen Ausrutscher aus der Welt räumen, bevor wir uns das nächste Mal treffen. So wie ich ihn einschätze, wird er irgendwas Gefühlloses sagen wie: War ja ganz nett, belassen wir es dabei.

Ich knabbere nervös auf meinem Fingernagel und kann nicht leugnen, dass mein Magen bei dem Gedanken, zurückzurufen, nervös flattert. Blöde, wirklich sehr blöde Angewohnheit. Wenn ich extrem angespannt bin, nage ich am Fingernagel meines rechten Zeigefingers. Ich kaue ihn nicht ab, ich knabbere nur. Und das Wissen, dass Cole neben meiner Arbeit das Einzige ist, was mich zu dieser Schwäche treibt, macht es nicht einfacher. Auch nicht, dass allein die Erinnerung an sein Seufzen meinen Körper automatisch erschaudern lässt. Leider erinnere ich mich außerdem daran, dass er danach einfach gegangen ist – man könnte es auch als fluchtartiges Wegrennen beschreiben. Und er hat mich nicht einmal geküsst. Sagt man bei Prostituierten nicht, dass sie ihre Kunden nicht küssen, weil man dafür Gefühle braucht? Sollte mir das also irgendwas sagen? Andererseits, wenn ich jetzt mit ihm sprechen würde, hätte ich es dann hinter mir und momentan habe ich ohnehin nichts Besseres zu tun. Bevor ich es mir anders überlegen kann, sage ich dem Autotelefon, wen es anrufen soll.

Bereits nach einem Klingeln dröhnt sein tiefes Timbre durch den jetzt geschlossenen Innenraum des Wagens, was mir ein Kribbeln über das Rückgrat jagt. Hatte Marissa nicht die Vermutung, seine Wirkung auf mich könnte nachlassen, wenn ich ihm einmal näherkomme? Das kann ich jetzt leider nicht behaupten, wenn möglich, ist es eher noch schlimmer geworden. Vielleicht muss ich ihn auch noch näher an mich heranlassen, um den Bann zu brechen? So wird man zum Junkie, oder? Nur einmal probieren, um zu sehen, wie es ist, und dann noch mal, weil man sich nicht ganz sicher ist, und – zack– man kommt nicht mehr von dem Zeug los.

»Hallo?«

»Hey, ich bins, Marilyn.« Hab ich das gerade gesagt? Ich habe mich selbst noch nie als Marilyn bezeichnet. Ich höre ihn leise lachen.

»Das habe ich gesehen.«

»Du hast versucht, anzurufen«, flöte ich betont locker und steuere den Wagen ganze zwanzig Meter vorwärts. Jippie.

»Ich weiß.«

Hää? »Ähm … und was wolltest du?«

»In deiner Mittagspause einen Kaffee mit dir trinken.«

»Oh.« Mein Herz schlägt wie auf Knopfdruck schneller und ein kleiner Teil in mir ärgert sich, dass ich nicht gleich, als ich es sah, zurückgerufen habe. Dann hätte daraus vielleicht noch was werden können.

Cole flüstert ein »Ich bin gleich da«, das ganz sicher nicht für mich bestimmt war, und ich kräusele die Lippen. Mit wem spricht er da? Oh Gott, jetzt höre ich mich an wie eines dieser eifersüchtigen Weiber, nur weil er einmal seine Finger in mir hatte. Reflexartig kneife ich die Schenkel zusammen, um das aufkommende Prickeln zu unterdrücken.

»Wir können ersatzweise auch was zusammen essen?«, spricht er nun wieder mich direkt an.

Was? Vor lauter Schreck vergesse ich das Weiterfahren. Im Rückspiegel sehe ich, dass der Idiot hinter mir zusätzlich zum Gehupe eine drohende Faust aus dem Seitenfenster zeigt. Irritiert fahre ich weiter. Etwas essen? Das geht aber schon ziemlich in Richtung … »Fragst du mich gerade nach einem Date?«

»Ähm … würdest du Ja sagen?«

Überrascht reiße ich die Augen auf, das gibt es doch nicht, oder?

Eintrag ins Merkbuch: Momente, in denen Cole mich um ein Date bittet – 1.

»Ich könnte für uns kochen.« Was? Bin ich jetzt vollkommen durchgeknallt, ich kann nicht mal kochen.

Ich höre Cole erleichtert ausatmen, so als hätte er die Luft angehalten. »Das werte ich dann als Ja.«

Ich bin noch immer über mich selbst geschockt und kann nicht reden, sodass er einfach weiterspricht: »Ich hab die ganze Woche Spätschicht und muss jetzt auch los, Sam wartet. Samstag um sechs bei dir?«

»Ha«, lache ich hysterisch auf, was er wohl als Zustimmung deutet.

»Na dann … ich freu mich.«

Zwinkernd überlege ich, ob ich wirklich den richtigen Mann angerufen habe oder ob sich da jemand einen Scherz erlaubt hat und heimlich an sein Handy gegangen ist. Aber Coles Stimme ist unverkennbar und unnachahmlich. Er freut sich?

»Ich freu mich auch«, wispere ich, da hat er aber schon aufgelegt.

Eintrag ins Merkbuch: Momente, in denen ich Cole etwas kochen werde, in denen ich überhaupt irgendeinem Menschen auf dieser Welt etwas kochen werde – 1. Anzahl der Überlebenden aus diesem Versuch – noch offen.

Die restliche Fahrt nehme ich nur am Rande wahr, weil ich immer und immer wieder unser Gespräch durchgehe. Cole ist stets der coole Typ, dem jederzeit ein lockerer Spruch auf den Lippen liegt, womit ich auch jetzt gerechnet hätte. Sicher war er bei unserem Telefonat nicht auf den Mund gefallen, dennoch habe ich die kurze Anspannung in seiner Stimme wahrgenommen. Ich wage sogar zu behaupten, dass Cole noch nicht oft um ein Date gebeten hat. Demnach zu urteilen, was ich durch Amber mitbekommen habe, hatte er eher flüchtige Affären und schien damit auch ganz zufrieden zu sein.

Nach gefühlt dreihundert Kilometern Fahrt steige ich beim *Peaches* aus und betrete unsere Stammbar. Ich gehe rechts an dem kreisförmigen Tresen vorbei, der einen Großteil des vorderen Bereichs einnimmt, und steuere direkt nach hinten auf die ruhigere Ecke zu. In weniger als einer Stunde werden aus der leisen Hintergrundmusik und dem Kerzenlicht auf den Tischen laute Discomusik und neonblaues Licht. Jeden Abend um acht verwandelt sich das gemütliche Café in eine schrille Cocktailbar und doch verliert sie ihr Wohlfühlambiente nicht. Im Vorbeigehen winke ich Susan, der Bedienung, zu und halte meinen Daumen nach oben, was sie mit einem Nicken erwidert. Nach drei Jahren weiß sie inzwischen, dass ich als erstes Getränk immer einen Latte macchiato mit doppeltem Espresso nehme. Amber winkt mir schon von unserem Stammplatz aus zu und alle drei fangen an zu gackern. Ob ich will oder nicht, muss ich kopfschüttelnd lächeln und lasse mich stöhnend neben Lilly auf die Bank sinken.

»Erzähl uns alles über Samstagabend«, fällt Marissa gleich über mich her und Lilly schlägt ihr mit einem bösen Blick auf den Oberarm.

»Euch auch ein fröhliches Hallo.«

Susan kommt zu uns, stellt eine weitere Schale mit Erdnüssen und meinen Latte auf den Tisch. »Wie immer mit doppeltem Espresso.« Dankbar lächle ich sie an und ziehe das Glas vor mich.

»Also?«, stichelt jetzt auch Amber und wirft sich eine Handvoll Nüsse in den Mund, als wären wir hier im Kino in der Samstagabendvorstellung.

»Also was?«, frage ich zurück und tue so, als hätte ich keine Ahnung, wovon sie spricht.

»Was war da Samstag mit Cole und dir?«

Lilly hält sich demonstrativ die Ohren zu, was mich zum Lachen bringt. Gleichzeitig habe ich urplötzlich den unbändigen Drang, es ihnen zu erzählen. Jedes noch so kleine Detail, damit sie es mit mir analysieren. Na gut, nicht jedes kleine Detail, aber schon genug, um sich eine Meinung bilden zu können. Es gibt nicht viele Menschen, denen ich blind vertraue, aber von den wenigen sitzen drei an diesem Tisch.

Ein lautes Klatschen gefolgt von einem »Sag jetzt nicht, ihr hattet Sex« von Amber peitscht durch den Raum. Vermutlich weiß ohnehin schon der halbe Laden, worüber die drei sich die ganze Zeit unterhalten haben, und wer es bis jetzt noch nicht wusste, weiß es spätestens in dieser Sekunde.

»Shht, geht das vielleicht auch leiser?«, zische ich und sehe sie grimmig an. »Nein, hatten wir nicht.«

Ich schürze die Lippen und beuge mich über den Tisch. Automatisch kommen die anderen näher, ausgenommen Lilly, die ein »Bitte nicht« jammert. Aber ich muss es jetzt einfach erzählen. »Wir hatten keinen Sex, aber es war …«

»Zügellos?«

»Hammermäßig?«

»Pornös?«

»Hat er dich an die Zimmerdecke gehängt?«, brabbeln sie auf mich ein, außer Lilly, die irgendwas von »Ekelerregend« faselt.

»Ach, keine Ahnung, es war irgendwie anders«, damit werfe ich mir auch ein paar Erdnüsse in den Mund und streife meine High Heels unter dem Tisch ab. Marissa und Amber hängen an meinen Lippen und schaufeln sich eine Nuss nach der anderen in den Mund.

»Und weiter?«, bohrt Marissa nach.

»Sorry«, sage ich tonlos in Lillys Richtung, die theatralisch aufstöhnt. Ich beginne beim Fahrstuhl, rede über seine Finger überall an und in mir und ende damit, dass er mich auf ganz eigene Art um ein Date gebeten hat.

»Ich glaube, ich bin feucht«, seufzt Marissa, pustet sich eine Strähne aus der Stirn und fächelt sich mit der Karte Luft zu.

»Und ich glaube, ich muss mich übergeben«, kontert Lilly und schüttet sich die restlichen Erdnüsse direkt von der Schale in den Mund.

Ich nehme einen großen Schluck Kaffee, woraufhin mir sofort Tränen in die Augen schießen und meine Zunge pelzig wird. Scheiße verdammt, ist das heiß.

»Dann wissen wir ja wohl, was er sich im Weiteren vorstellt. Und was ist es von deiner Seite aus?«, fragt Amber und ich sehe überrascht zu ihr auf.

»Wie meinst du das?«

»Na, es ist doch wohl klar, dass Cole dich nicht nur zum Vögeln will, sonst hätte er es bereits getan. Außerdem hast du ein Date mit ihm … Hallo.«

Äh …

»Da muss ich Amber allerdings recht geben und wann hatte Cole mal ein Date? Hatte er überhaupt schon mal eins?«, wirft Lilly ein und ich nippe weiter an meinem Kaffee, um ein paar Denksekunden zu haben.

»Wenn sie für ihn kocht, hat er die nächsten zehn Jahre vermutlich auch kein Interesse mehr«, gibt Amber zu bedenken.

»Hallo.« Ich wedele übertrieben mit meiner Hand durch die Luft. »*Sie* ist anwesend und kann euch hören.«

»Mal rein hypothetisch gesprochen, würdest du eine Beziehung überhaupt auf die Reihe bekommen?« Amber sieht mich fragend an und winkt Susan mit der leeren Erdnussschale zu.

»Was soll das denn bitte heißen?«

»Ich meine zeitlich.« Sie mustert mich abschätzend, ehe sie weiterspricht. »Du hast schon immer viel gearbeitet und neben uns hast du doch so gut wie keine Freizeit mehr.«

Natürlich ist mir bewusst, dass ich hin und wieder länger arbeite. Vielleicht fange ich auch an manchen Tagen früher an als andere und arbeite am Wochenende von zu Hause aus. Aber das bringt mein Job nun einmal mit sich. Na gut, auch das stimmt nicht so ganz. Ich mache es nicht, weil ich es muss, sondern weil meine reguläre Arbeitszeit nicht ausreichen würde, es so zu machen, wie ich es haben will. Vielleicht leide ich unter geringfügigen Zwängen, immer alles – sowohl die Arbeit als auch mein Privatleben betreffend – in einer gewissen Ordnung halten zu wollen. Obwohl ich dazu tendiere, es ein gesundes Maß an Selbstkontrolle zu nennen.

»Natürlich würde ich das auf die Reihe bekommen. Außerdem ist momentan nur von einem Essen die Rede, wir haben nicht vor zu heiraten«, kontere ich halbherzig und überlege, ob Amber recht hat. Zieht das Leben an mir vorbei, während ich wie eine Besessene arbeite? Wenn ich ganz ehrlich zu mir selbst bin, frage ich mich das nicht zum ersten Mal. Es ist nur das erste Mal, dass es jemand anderes so offen anspricht.

Kapitel 6

Heather

Kritisch lasse ich meinen Kontrollblick noch einmal über den gedeckten Tisch wandern und schiebe den rechten der drei Kerzenhalter ein wenig mehr in die Mitte. Das Gleiche passiert mit dem Besteck und den Gläsern. Nicht, dass ich diese Hin-und-her-Schieberei nicht schon ein Dutzend Mal gemacht hätte. So, jetzt ist es perfekt. Obwohl … Eilig puste ich die Kerzen aus, wedele den aufsteigenden Qualm weg und bringe sie samt Halter in die Küche. Das schreit mir doch irgendwie zu sehr nach Date, dabei wollen wir nur etwas zusammen essen.

Die Uhr am Backofen zeigt, dass Cole, sofern er denn pünktlich ist, jeden Moment eintreffen sollte. Tief ein- und ausatmend stemme ich die Hände in die Hüften und versuche, mich selbst zu beruhigen. Es ist das erste Mal seit … überhaupt, dass ich Männerbesuch in dieser Wohnung empfange. Und nach dem, was bei unserer letztmaligen Zweisamkeit passiert ist, ist es doch nur allzu verständlich, dass ich etwas unruhig bin. Oder? Es ist ja nicht so, dass ich noch nie mit einem

Mann zusammen war. Im Gegenteil, ich habe gerne mal einen One-Night-Stand, wenn ich mit den Mädels unterwegs bin. Nur eben nicht hier bei mir und was noch wichtiger ist: Diese Männer konnten mir niemals gefährlich werden. Cole könnte das sehr wohl.

Zum wiederholten Male stelle ich mich vor den großen Spiegel im Flur und kontrolliere, ob das Kleid auch wirklich nicht zu viel zeigt. Auf keinen Fall will ich ihn ermutigen. Das zu meinem Lippenstift passende Empirekleid in knalligem Rot hat keinen gewagten Ausschnitt und sieht beinahe brav aus. Unter der Brust ist ein schwarzes Satinband mit kleiner Schleife eingearbeitet, von wo aus das Kleid weit fällt und knapp über dem Knie endet. Dazu trage ich einfache schwarze Ballerinas. Ebenfalls zum wiederholten Male bestätige ich mir, dass das Gewagteste die Farbe ist. Ich ziehe mir noch eine weitere Strähne aus der locker hochgesteckten Frisur, krieche quasi in den Spiegel, um zu überprüfen, ob ich auch ja keinen Lippenstift auf den Zähnen habe, und zucke erschrocken zusammen, als es klingelt. Noch einmal tief durchatmen, dann streiche ich mein Kleid glatt und drücke auf den Türöffner.

Den Geräuschen nach zu urteilen, läuft Cole die Treppe hoch, womit er der Erste wäre, der für die vier Stockwerke nicht den Fahrstuhl benutzt. Ich kann schon das Knirschen der Jacke hören, das von seinen Bewegungen herrührt. Sekunden später kommt er, immer zwei Stufen auf einmal nehmend, bei mir an und ich glaube, an meiner Spucke zu ersticken. Die dunklen Haare sind wie immer wild durcheinander, so als wäre er gerade erst aufgestanden, und ein beinahe schüchternes Lächeln liegt auf seinen Lippen. So lange ich Cole kenne, hat er noch nie ein Hemd, geschweige denn eine Anzughose getragen und fast bin ich froh darüber. Im Mix mit der obligatorischen Lederjacke ist es … Jedes Männermodel würde dafür morden, nur einen Tag so auszusehen.

»Marilyn, atme!«

Okay, das ist jetzt irgendwie peinlich. Ich gehe an die Seite, um ihn in die Wohnung zu lassen.

»Mir wurde gesagt, der wäre gut.« Damit hält er mir eine Weinflasche hin, wobei er im Gegenzug zu mir und trotz der kleinen Sporteinlage überhaupt nicht außer Atem zu sein scheint. Demonstrativ studiere ich das Etikett und nicke anerkennend, als hätte ich eine Ahnung davon, was ich da in den Händen halte. Ich mache mir nichts aus Wein, genau genommen mag ich ihn nicht einmal, aber das werde ich Cole jetzt sicher nicht auf die Nase binden.

Ich lächle ihm schnell zu und eile dann voraus in den Wohnbereich, immer darauf bedacht, ihm ja nicht zu nahe zu kommen, und stelle die Weinflasche auf den Esstisch. Selbst sein Aftershave nur erahnen zu können, beschleunigt meinen Pulsschlag.

»Schön hast du es hier.«

Ich drehe mich zu Cole um, der den Blick durch das weiträumige Wohnzimmer mit integrierter Küche gleiten lässt, bevor er ihn auf mich richtet.

»Danke.« Inzwischen nur kläglich entspannter, lächle ich ihn an und bin ehrlich erfreut, dass es ihm gefällt, erstarre aber zeitgleich, als er mich eingehend mustert. Dabei sollte ich daran doch wirklich langsam gewöhnt sein, nur dieses Mal ist es anders. Heute weiß er, wie ich unter dem Kleid aussehe, und ich weiß, wie sich seine Finger in mir anfühlen. Hart schluckend wende ich ihm den Rücken zu und nehme die Deckel von den Tellern, die bereits auf dem Tisch stehen. Ohne aufzusehen, bitte ich ihn, sich hinzusetzen und anzufangen, als ich seine feste Brust direkt an meiner Rückseite spüre und gequält die Augen schließe. Er sieht über meine Schulter auf die beiden gefüllten Teller.

»Ich dachte, du kannst nicht kochen?«, raunt er mir zu, wobei er so nah ist, dass seine Lippen meine Ohrmuschel streifen. Herr im Himmel.

Eintrag ins Merkbuch: Momente, in denen Cole mich alleine durch den Klang seiner Stimme feucht werden lässt – 503.

Eilig grapsche ich nach der Weinflasche und befreie mich aus dieser viel zu engen Position in Richtung Küchentresen, wobei ich ihm über die Schulter anlächle. »Das weißt du noch? Es ist Ewigkeiten her, dass ich dir von meiner Unfähigkeit am Herd erzählt habe.«

Cole zieht sich einen Stuhl vom Tisch ab und setzt sich an dessen Stirnseite. »Ich erinnere mich an alles, was du mir jemals über dich erzählt hast.«

Überrascht drehe ich mich um und verliere mich in seinem durchdringenden Blick, der bis in die letzten Ecken meiner Seele zu sehen scheint. Räuspernd drehe ich mich der Weinflasche zu und hantiere mit dem Korkenzieher. Warum sagt er solche netten Sachen und warum geht das verfluchte Drecksding von Flasche nicht auf?

»Soll ich dir helfen?«, bietet Cole seine Hilfe an und ich höre am Zurückrutschen des Stuhles, dass er schon im Begriff ist, aufzustehen.

»Nein!«, kreische ich etwas zu laut, bevor ich ruhiger weiterrede. »Bleib bitte sitzen, ich bekomme sie schon auf.« Tatsächlich löst sich der Korken im gleichen Augenblick und ich gehe zum Tisch, um uns beiden von dem Rotwein einzuschenken. Steif lächelnd setze ich mich ihm gegenüber und zeige auf das Essen. »Fang an.«

»Das sieht großartig aus, was ist das?«, fragt Cole mit seinem Blick auf den Teller gerichtet.

Warum ist er so verdammt interessiert, er ist doch sonst eher oberflächlich? Kann er das Zeug nicht einfach in sich reinstopfen und wieder gehen?

»Sieht aus wie irgendwas Fleischiges und Gemüse«, antworte ich, wobei ich meinen Teller eingehend betrachte.

»Du hast es bestellt, oder?«

Ertappt sehe ich zu ihm auf, erkenne das leichte Zucken um seine herrlichen Mundwinkel und ohne dass es mir bewusst ist, fange ich an zu grinsen.

»Ich wollte dich wohl nicht gleich wieder vergraulen«, rechtfertige ich mich schulterzuckend und schiebe mir ein paar Erbsen in den Mund.

»Das gefällt mir.«

»Was? Dass ich Essen bestelle, weil ich nicht kochen kann?«

»Nein, dass du Essen bestellst, damit ich nicht gleich wieder gehe.«

Ich beobachte verwirrt, wie er sich ein Stück Fleisch abschneidet und ebenfalls beginnt zu essen. Sende ich womöglich die falschen Signale oder noch schlimmer, unbewusst die richtigen? Um nicht in die Verlegenheit zu kommen, etwas sagen zu müssen, schaufle ich, ohne Luft zu holen, alles auf dem Teller Befindliche in mich rein. Beiläufig leere ich das Weinglas und schenke mir nach. »Auch noch?« Fragend halte ich die Weinflasche in Coles Richtung, der den Kopf schüttelt und mit der Gabel auf sein noch volles Glas weist.

Als er den letzten Bissen von seiner Gabel genommen hat, springe ich augenblicklich auf und fange an, den Tisch abzuräumen. Sekundenlang stütze ich meine Hände auf der Arbeitsplatte ab und schließe die Augen, um mich zu sortieren. Reiß dich endlich zusammen, Heather.

»Warum weiß ich bei dir nie, was du gerade erwartest?«, spricht er mich, direkt hinter mir stehend, an und ich wirble erschrocken zu ihm herum.

»Was?«

Er stellt seinen Teller neben mich auf die Arbeitsplatte und kommt mir dabei viel näher, als ursprünglich geplant. »Einerseits habe ich manchmal das Gefühl, dass du mit deinen Blicken in mich reinkriechen willst, und dann kann es dir anscheinend gar nicht schnell genug gehen, mich wieder loszuwerden.« Wortlos starre ich ihn an und weiß nicht, was ich darauf erwidern soll, denn damit trifft er es ziemlich genau auf den Punkt.

»Möchtest du, dass ich gehe?«

Ich denke Ja und sage gleichzeitig »Nein«. Äh, hallo Gehirn.

Spitzbübisch lächelt er mich an, sieht mir kurz auf die leicht geöffneten Lippen und wieder zurück in die Augen. Wie gerne würde ich jetzt an meinem Fingernagel nagen.

»Und wie sieht dein Plan für den weiteren Verlauf des Abends aus?«

Genau das ist es ja, ich habe keinen Plan, keinen Ablauf, nach dem ich mich richten kann. Stirnrunzelnd stelle ich fest, dass ich so gut wie immer einem von mir gesteckten Verlauf folge. Sei es auf der Arbeit oder aber bei der wenigen Freizeit, die ich habe. Es gibt immer ein Konzept, damit ich alles, was ich mir vornehme, auch wirklich schaffe. Krankhafterweise muss ich sogar zugeben, dass ich meinen Tagesablauf in Stunden einteile. Eine Stunde zum Einkaufen, eine Stunde zum Beine enthaaren, zwei Stunden, um mit Amber einen Kaffee zu trinken. Eine halbe Stunde fernsehen, während ich zeitgleich noch E-Mails checke, fünfzehn Minuten, um mich bettfertig zu machen, acht Stunden schlafen und so weiter.

»Heather?«

Zwinkernd stelle ich fest, dass ich ihm die ganze Zeit auf den Mund gestarrt habe, und lege den Kopf weiter in den Nacken, um ihm in die Augen sehen zu können. »Ich … ich habe keinen Plan«, gebe ich flüsternd zu und klinge genauso überrascht, wie ich mich fühle.

Coles raue Fingerkuppen gleiten über meine Hände, was mein Körper sofort mit einer eben dieser Spur folgenden Gänsehaut beantwortet. Sie streichen weiter die Arme hoch, über die kurzen Ärmel des Kleides bis hin zu meinem Hals. Das Gefühl ist so atemberaubend, dass ich am liebsten die Augen schließen möchte. Ich habe den unbändigen Drang, mich einfach fallen zu lassen, und gleichzeitig habe ich Angst davor, was er machen könnte, wenn ich es tue. Wird er etwas wollen, zudem ich absolut nicht bereit bin? Wird er mir wehtun? Und noch wichtiger: Welchen Schmerz könnte ich weniger ertragen, den physischen oder den psychischen? Seine Hände legen sich um mein Gesicht, während er langsam näher kommt und ich seinen warmen Atem auf den Lippen spüren kann.

»Stell deinen Kopf ab, Heather.« Nur den Bruchteil einer Sekunde danach spüre ich das erste Mal seine weichen Lippen auf meinen und sie fühlen sich überwältigend an. Wie versteinert, wage ich es kaum zu atmen, geschweige denn mich zu bewegen, aus Angst, er könnte sich wieder von mir lösen. Seine Zungenspitze gleitet über meine Lippen, die ich nur allzu bereitwillig öffne, und sobald sich unsere Zungen erstmals berühren, jagt ein Stromschlag von dort aus direkt durch meinen Magen bis zwischen die Schenkel, wo er sich in einem verlangenden Kribbeln entlädt. Coles eine Hand schiebt sich von meinem Kiefer in die Haare weiter, wo der Griff fester und der Kuss synchron fordernder wird. Gleichzeitig drückt er mich mit der anderen Hand im Rücken näher an sich, sodass ich eindeutig eine Erektion am Unterbauch spüren kann. Oha. Bei dem Gedanken, was aller Wahrscheinlichkeit nach passieren wird, werden mir die Knie weich und ich glaube, jeden Moment in Ohnmacht zu fallen. Zögerlich lege ich die Hände auf seine warmen, festen Unterarme und spüre das Spiel der Muskeln darin. Du lieber Himmel, wie soll ich das überstehen?

Cole löst sich von mir und scheint nach irgendwas in meinem Blick zu suchen. Einspruch oder Zustimmung? Er legt einen Arm um meine Schultern, die andere unter die Kniekehlen und hebt mich mit einer Leichtigkeit hoch, als würde ich nichts wiegen. Sagen wir einfach, ich habe mich nach einigen Diät-Kämpfen, die mein Körper allesamt gewonnen hat, mit eben diesem arrangiert. Nichtsdestotrotz bin ich nicht blind und weiß, dass ich von einer grazilen Figur so weit entfernt bin wie trockener Kuchen von einer leckeren Sahnetorte.

»Wo ist dein Schlafzimmer?«, fragt er, als wir schon im Flur stehen, und ich zeige auf die zweite Tür rechts von uns.

Vor dem Bett setzt er mich vorsichtig ab und ich schlucke, als ich in seine jetzt dunklen Augen blicke. Haben sie schon jemals so begierig ausgesehen? Er tritt ein Stück von mir zurück und zieht sich das Hemd über den Kopf, was mich der vorhin vermuteten Ohnmacht nun doch ziemlich nahe bringt. Die Bewegung seines Sixpacks, die deutlich erkennbaren Rippen und die Muskeln, die sich an seiner Flanke befinden, sind beinahe surreal. Ich will ein Foto machen, damit ich es immer wieder ablecken kann, sollte ich ihn nie wieder so zu sehen bekommen. Er wirft das Hemd achtlos in eine Ecke, und obwohl ich schlucke und schlucke, ist mein Hals staubtrocken.

»Zieh dich aus.«

Wie, zieh dich aus? Sollte das nicht seine Aufgabe sein? Cole sieht mich unentwegt an und knöpft seine Hose auf, unter der enge Shorts zum Vorschein kommen, die mir allzu deutlich zeigen, wie erregt er bereits ist. Mit offen stehendem Mund glotze ich auf die riesige Beule. Aua – noch habe ich die Möglichkeit, ihn rauszuschmeißen.

»Heather.«

»Hmm?« Unkonzentriert sehe ich ihm wieder ins Gesicht und frage mich, ob er irgendwas gesagt hat, das ich bei der visuellen Ablenkung überhört habe.

»Zieh dich aus. Jetzt!«

Empört stemme ich eine Hand in die Hüfte und sehe ihn herausfordernd an. »Diesen Befehlston kannst du dir mal ganz schnell ab…«

»Heather, entweder du ziehst dich aus, oder ich mache es. Das würde dieses schöne Kleid aber sicher nicht überleben.« Sein Blick, der, wenn überhaupt möglich, noch düsterer geworden ist, bohrt sich in meinen und ich schwanke zwischen den Impulsen, ihm in den Arsch zu treten oder zu tun, was er sagt. Aber was habe ich schon zu verlieren, richtig? Marissa hat gesagt, ich solle ihm einmal nachgeben und wenn ich dann erst einmal richtig mit ihm geschlafen hätte, wäre sein Einfluss auf mich vielleicht vorbei. Automatisch greife ich hinter mich und verrenke die Arme, um den Reißverschluss des Kleides herunterzuziehen. Erotisch sieht das sicher nicht aus.

»Hier?« , frage ich und deute auf den Fußboden unter mir. »Einfach runter damit?«

Cole, der inzwischen nur noch seine Shorts trägt, kommt mit zwei großen Schritten auf mich zu, greift um mich herum nach den auseinanderklaffenden Rückenteilen des Kleides und ein fieses Ratschen hallt im Raum wider. Fassungslos beobachte ich, wie das Kleid zu Boden fällt und sich um meine Füße zusammenbauscht.

»Ja, genau hier«, bestätigt er unnötigerweise.

Ich schnappe empört nach Luft, doch bevor ich etwas sagen kann, küsst er mich mit einer Intensität, die mich schwindeln lässt. Gleichzeitig drängt er mich rückwärts, bis ich mit meinem Hintern gegen die Kommode stoße, sodass die Cremes und Fläschchen darauf klirrend umfallen. Na bravo, das hat mir gerade noch gefehlt, jedes Parfüm ist nach Anlass gegliedert aufgereiht: Privat, Arbeit, Seminar, Party. Auch die Cremes sind nach Tagen angeordnet, an denen ich sie benutze: montags Bodylotion, mittwochs Gesichtsmaske, freitags Haarkur. Jetzt muss ich alles neu sortieren.

Reflexartig will ich mich umdrehen und schauen, wie groß der Schaden ist, als Cole eine Kondompackung auf die Anrichte wirft und grob nach meinem Gesicht greift, damit ich ihn ansehe. Nicht weniger rüde drängt er seine Lippen auf meine, zieht an meinem Haar und zwingt mich so, den Kopf weiter in den Nacken zu legen. Es ist, als würden Engelchen und Teufelchen auf meiner Schulter sitzen, und während der Engel mich erinnert, dass niemand so mit mir umgehen darf, flüstert der Teufel mir ins Ohr, dass die Feuchtigkeit zwischen meinen Schenkeln eine andere Sprache spricht. Cole arbeitet sich küssend und leckend über mein Kinn, den Hals hinunter, wobei er mir zeitgleich die BH-Träger von den Schultern schiebt.

Ich habe das Gefühl, unter den Berührungen zu verbrennen, und beobachte fasziniert, wie sich eine Gänsehaut auf seiner Brust bildet, als ich mit den Fingern über die kleinen festen Brustwarzen streiche. Während er meinen BH auszieht und eine meiner Brustwarzen in den Mund saugt, schiebe ich die Shorts über seine muskulösen Schenkel nach unten und erstarre bei dem Anblick der mächtigen Erektion. Ein beißender Schmerz reißt mich von der Erscheinung weg und ich will Cole reflexartig wegstoßen. Dieser Mistkerl hat gebissen. Ich hole schon Luft, um ihn anzuschnauzen, da fahren seine Finger über den feuchten Stoff meines Höschens und ich vergesse, was ich eigentlich sagen wollte. Nur Sekunden später streicht er mir mit den Fingern durch die Nässe und massiert meine Klitoris mit kreisenden Bewegungen. Bitte, bitte zieh das Höschen aus und bring es endlich zu Ende. Als könnte er meine Gedanken hören, raunt er mir mit tiefer Stimme ins Ohr: »Willst du, dass ich dich ficke.«

Ja. Ja. Ja. Begierig nicke ich und setze mich auf die Kommode, wobei mir inzwischen egal ist, was alles zu Boden fällt.

»Dann bitte mich darum.«

Was? Empört reiße ich die Augen auf und starre ihm in das schöne Gesicht, um zu erkennen, ob das sein Ernst ist. Unverfälschte Gier liegt in seinem Blick und sein Atem ist beschleunigt, während er sich das Kondom überstreift. Dennoch scheint er tatsächlich auf ein *Bitte* zu warten.

»Niemals.«

Ohne meinen Blick loszulassen, schiebt er problemlos zwei Finger gleichzeitig in mich und reibt seinen Handballen auf meiner Klit, was mich gequält aufstöhnen lässt.

»Bitte mich, Heather!«

»Eher beiße ich mir die Zunge ab«, spucke ich ihm entgegen, kann jedoch nichts dagegen tun, dass die Reibung seiner Hand mich bis an den Rand des Orgasmus treibt. Zügellos entzieht Cole mir seine Finger, was mich aufkeuchen lässt, hakt seine Finger rechts und links in mein Höschen und zerreißt es ebenso wie das Kleid.

»Irgendwann wirst du mich bitten«, raunt er voller Überzeugung und ehe ich etwas erwidern kann, rammt er mit einem einzigen tiefen Stoß seine gesamte Länge in mich. Ein stechender Schmerz schießt durch meinen Körper, sodass ich nach Luft schnappe, und Cole zwingt mich, ihn erneut anzusehen. »Alles okay?«

Dieser lustvolle Blick, die Art, wie er mich geradezu benutzt, vermischt mit der Sorge in seiner Stimme lässt mich gegen jede Vernunft nicken, woraufhin er sich langsam aus mir zurückzieht, um sich sofort wieder in mich zu schieben. Der erste Schmerz der Dehnung weicht dem unglaublichen Gefühl des Ausgefülltseins und ich ramme meine Hacken in die Rückseite seiner Schenkel, um ihn anzuspornen. Nicht mehr viel, es fehlt nur noch ein kleines bisschen. Unser Keuchen und das Poltern der Kommode, wenn sie gegen die Wand stößt, übertönen das Geräusch von aufeinanderklatschender Haut. Coles Griff um meine Schenkel wird fester und die Stöße, wenn überhaupt möglich, noch tiefer, sodass ich nicht mehr unterscheiden kann, ob es schmerzt oder sich einfach nur gigantisch anfühlt. Seine Lippen gleiten über meine mit Schweiß bedeckten Brüste und ich spüre, wie es sich immer weiter in mir zusammenbraut. Nur noch ein Hauch trennt mich von der Klippe und als ich Coles Zähne an meiner Brustwarze spüre, fallen wir gemeinsam.

Kapitel 7

Cole

Ein mir allzu bekanntes Klingeln reißt mich aus dem Schlaf, sodass ich automatisch nach rechts greife, wo das Handy üblicherweise liegt. Ich lasse meine Hand tastend durch die Luft wandern, aber wo zum Teufel ist der Nachtti…

Augenblicklich bin ich wach und streiche mir ein paar Haare aus dem Gesicht, die definitiv nicht mir gehören. Heathers warmer, weicher Körper bewegt sich leise seufzend von mir weg und nimmt die Decke mit sich. Dieses Seufzen … Nach einer kurzen Unterbrechung fängt das Handy wieder an zu klingeln. Mist, es ist noch in der Jacke.

Ich springe aus dem Bett und wackele mit beiden Händen vor mir ausgestreckt wie ein Zombie für Arme los. Irgendwo hier rechts muss die Tür zum Flur … Argh, verfickte Scheiße, tut das weh. Uuhh. Um nicht laut aufzuschreien, beiße ich mir in die Faust und kneife die Augen zusammen. Das ist ein Schmerz, den man nie mehr vergisst, er zieht bis ins Bein hoch. Wenn ich was sehen könnte und alleine wäre, ich würde das verdammte Drecksding, das hier steht, kurz und klein hauen.

Gequält bücke ich mich und streiche mit den Fingerspitzen über meinen kleinen Zeh. Vermutlich ist die Pelle ab oder er ist sogar gebrochen. Das Handy beginnt schon wieder zu bimmeln, also los, ein Indianer kennt keinen Schmerz. Indianer hatten aber auch noch keine beschissenen Schränke, gegen deren Ecken sie rennen konnten.

»Sag den kleinen Ameisen, sie sollen mich nicht anpinkeln.«

Hä? Irritiert blicke ich über die Schulter zurück zum Bett, obwohl ich in der Dunkelheit sowieso nichts sehen kann. Kleine Ameisen? Nach Sex mit mir träumt sie von kleinen Ameisen? Sie sollte von großen Tieren träumen. Wilden Tigern – mindestens.

Endlich ertaste ich die Tür und gehe in den Flur, der durch einen Bewegungsmelder sofort taghell beleuchtet ist, sodass ich mir reflexartig eine Hand vor die Augen halte. Ich sprinte zur Couch, auf der meine Jacke liegt, und nehme das Gespräch beim nächsten Klingeln endlich entgegen.

»Mensch Alter, wo steckst du denn?«, bellt Sam mich an.

»Ich *stecke* nirgends, sonst wäre ich nicht ans Handy gegangen.«

»Wir sind am Lincoln Tunnel. Sieht so aus, als ob das in der Jackson Street kein Einzelmord gewesen ist.«

Fuck. »Ich bin in einer Stunde da.«

»In einer Stunde? Von dir aus brauchst du höchstens eine halbe. Sieh zu, dass du deinen Arsch herbewegst.«

»Ja«, nervös sehe ich zur Schlafzimmertür rüber, »ich bin nur nicht zu Hause. Ich komme, so schnell ich kann.« Damit lege ich auf und gehe ins Schlafzimmer zurück, wo ich meine Sachen zusammensuche und einen letzten Blick auf Heather werfe, die vom Lichtstrahl aus dem Flur in Szene gesetzt wird. Ihre langen Haare sind wie ein Fächer über das Kissen verteilt, die Gesichtszüge vollkommen entspannt und diese Lippen, von denen ich jetzt weiß, dass sie sich noch perfekter anfühlen, als sie aussehen, sind leicht geöffnet. Wie gerne wollte ich sie schon am letzten Wochenende küssen, doch es war mir wichtig, dass sie dabei vollkommen klar und nicht angetrunken ist. Gedankenverloren sehe ich sie an und bin sicher, noch nie etwas Schöneres gesehen zu haben. Ich schüttle angewidert den Kopf und runzle die Stirn. Lass dir mal Eier wachsen, Mann.

Ein Grunzen mitten in die Stille lässt mich kurz zusammenzucken und Heather dreht sich schmatzend auf die Seite. Was war das denn, schnarcht die etwa? Wie auch immer. Ich ziehe die Zimmertür von außen zu, steige in meine Klamotten und mache mich dann schleunigst auf den Weg.

***

Heather

Wohlig rekele ich mich unter der warmen Decke und drücke mein Gesicht ins Kissen, das sogar ein wenig von Coles Geruch angenommen hat.

Eintrag ins Merkbuch: Momente, in denen Cole mich ins Nirwana befördert hat – 1.

Moment mal … Ich taste nach seinem Körper auf der anderen Betthälfte und sitze sofort senkrecht. Das hat er nicht getan. Er hat nicht wirklich erst mit mir geschlafen und sich dann heimlich aus dem Staub gemacht! Eilig springe ich auf, wickle mir die Decke um den Körper und sehe, dass seine Sachen vom Fußboden verschwunden sind. Mein Herzschlag verdoppelt sich und ich gehe ins Wohnzimmer. Auch seine Jacke, die über der Rückenlehne der Couch hing, ist weg.

Ganz ruhig, Heather, kein Grund, gleich auszurasten. Ungewollt schreie ich laut und stampfe mit dem rechten Fuß auf. Warum bin ich auch so selten dämlich? Ich habe immer über die Frauen gelacht, die sich nach ein paar netten Worten sofort von einem Kerl flachlegen lassen, und was mache ich?

»Ich erinnere mich an alles, was du mir jemals über dich erzählt hast«, äffe ich seine gestrigen Worte nach. »Und was mache ich, gleich mal die Beine breit. Ich bin so dermaßen bescheuert.«

Wütend gehe ich in die Küche, grapsche nach meinem Handy und wähle die erste Nummer, die mir in so einem Moment einfällt.

»Hmm.«

»Diese widerliche kleine Kanalratte muss sterben.«

»Was?« Offenbar habe ich Ambers Aufmerksamkeit jetzt doch.

»Dieser schmierige …«

»Heather, wovon redest du? Und hast du mal auf die Uhr geguckt?«

Reflexartig nehme ich das Handy kurz vom Ohr, um die Zeit abzulesen, und stelle fest, dass es erst sieben Uhr und damit tatsächlich etwas früh für Small Talk ist. Aber was sein muss, muss nun mal sein. »Cole hat mit mir geschlafen … nein stopp, das ist gelogen. Er hat sich über mich hergemacht! Und was soll ich sagen? Er ist nicht mehr hier.« Ich lache hysterisch auf und fahre mir mit der freien Hand durchs Gesicht, wobei die Decke zu Boden rutscht.

»Nun warte doch erst mal ab, vielleicht hat er ja gute Gründe … Moment mal, ihr hattet Sex?«

»Ja, und bevor du fragst, seine Eier sind so klein und schrumpelig wie abgelaufene Rosinen und sein Penis, ha.« Ich mache eine wegwerfende Handbewegung, die Amber logischerweise ohnehin nicht sehen kann. »Der ist so kümmerlich, dass ich ihn fragte, ob er schon in mir drin ist.«

Ein tiefes Räuspern hinter mir lässt mich herumwirbeln und da steht er. Immer noch die gleichen Klamotten wie gestern, mit noch verwuschelteren Haaren, einer spöttisch in die Stirn hochgezogenen Augenbraue, zwei Bechern Kaffee und meinem Haustürschlüssel in den Händen.

»Ich muss Schluss machen.« Ohne eine Antwort abzuwarten, drücke ich Amber weg.

»Wenn ich ab jetzt immer so begrüßt werde, dann komme ich künftig öfter.« Dabei wandert sein Blick an meinem Körper herunter.

Oh Scheiße, eilig raffe ich die Decke zusammen und halte sie vor mich.

Endlich erwache ich aus der Lethargie und gehe mit erhobenem Finger auf ihn zu. »Wenn du denkst, du kannst hier wie bei deinen willigen Weibchen ein- und ausgehen, irrst du dich gewaltig, mein Freund.«

Ungerührt geht er an mir vorbei, stellt die Becher auf dem Küchentresen ab und zieht seine Jacke aus.

»Hallo, ich rede mit dir.«

»Ich weiß, ich hänge gedanklich nur immer noch bei den Rosineneiern und meinem verkümmerten Penis fest.«

Ähh. Verlegen kratze ich mich am Hals.

»Ich kann mich gar nicht an die Frage erinnern, ob ich schon in dir drin sei?«, sinniert er weiter.

Allein die Art, wie er die Worte ausspricht, und der Gedanke von ihm in mir drin, lassen meinen Unterleib verlangend zusammenzucken, aber nein, so bin ich nicht. Ich bin eine rational denkende, intelligente Frau und lasse mich bestimmt nicht von einer plötzlich hyperaktiven Libido beeinflussen. Was soll dieses Drumherum-Gerede? Die Frage ist doch ganz einfach: Will ich nach dem Vorfall im Hotelzimmer und der gestrigen Nacht mehr oder hatte Marissa recht und der Reiz ist verflogen? Meine Enttäuschung darüber, dass er nicht hier war, als ich aufgewacht bin, ist Antwort genug.

Angespannt verlagere ich das Gewicht von einem auf das andere Bein. »Hör zu, Cole, ich hab keine Lust auf irgendwelche Spielchen.«

»Das ist gut.« Er stellt sich vor mich und streicht mir das Haar über die Schulter auf den Rücken. »Ich nämlich auch nicht.« Dabei haut er mir unsanft auf den Hintern, was mich erschrocken aufquieken lässt. »Und jetzt zieh dich an, wir gehen frühstücken und dann muss ich endlich duschen.«

Die Intensität der Erleichterung, die seine Worte in mir auslösen, erschreckt mich kurz, bevor ich wortlos in Richtung Bad verschwinde. Ich will gerade die Tür hinter mir schließen, als er mich noch einmal anspricht: »Für die Sprüche vorhin am Handy sollte ich dich übers Knie legen.«

Ich lache auf, verstumme aber sofort, als ich seinen ernsten Gesichtsausdruck sehe. »Ganz sicher nicht«, antworte ich mit fester Stimme und ignoriere dabei das Kribbeln auf meiner Haut, wenn ich mir genau das vorstelle.

»Wo warst du?«, frage ich geradeheraus das, was ich schon die ganze Zeit über wissen will.

Cole schmiert sich einen Teelöffel Erdnussbutter auf die Ecke seines Croissants, beißt das Stück ab und nimmt den nächsten Löffel voll. Ich esse gern und noch am liebsten esse ich Süßkram, aber *das* finde selbst ich widerlich. Und vor allem: Wo lässt er das alles?

»Sam hat angerufen und ich musste los.«

Oh … Wenn Cole nachts zur Arbeit muss, kann das nichts Gutes bedeuten. »Alles okay?« Was für eine selten dämliche Frage, die ich mir eigentlich genauso gut selbst beantworten könnte.

Cole sieht mich sekundenlang schweigend an, beißt dann wieder in das Croissant und kaut in Ruhe auf, bevor er mir antwortet. »Wenn ich es mir hätte aussuchen können, wäre ich lieber liegen geblieben, aber so ist es nun mal.«

Ich lächle automatisch, weil er gerne bei mir geblieben wäre, kann aber auch eine leichte Resignation in seiner Stimme hören. »Warum bist du überhaupt Polizist geworden?«

Er leckt sich eine Spur Erdnussbutter vom Daumen, was ich fasziniert beobachte, bevor mich sein leichtes Lächeln ablenkt.

»Mein Dad ist Streifenpolizist gewesen und solange ich denken kann, wollte ich sein wie er.«

»Aber du bist kein Streifenpolizist.«

»War ich am Anfang aber. Irgendwann wollte ich dann mehr, als irgendwelchen Typen, die ihrer Freundin imponieren wollen, Strafzettel für zu schnelles Fahren aufzuschreiben. Ich wollte was bewegen und dann wurde die Stelle des Sergeants im Morddezernat frei, weil mein Vorgänger wegen mehrfachen Alkoholmissbrauchs im Dienst rausgeschmissen wurde.« Er sieht nachdenklich auf meine Hände, die ich auf dem Tisch abgelegt habe.

»Und das willst du jetzt nicht mehr, was bewegen?«

»Doch.« Er hebt seinen Blick wieder und trifft auf meinen. »Aber manchmal zweifle ich an dem, was ich da tue. Während ich einem hinterherrenne, um ihn zu fassen, passiert drei Straßen weiter noch etwas viel Schlimmeres. Da fragt man sich schon manchmal …« Er bricht ab und scheint nach den richtigen Worten zu suchen. »Ob es Sinn macht, obwohl ich mich doch immer nur im Kreis drehe.« Er zuckt mit den Schultern.

In all den Monaten, die ich Cole kenne, habe ich ihn noch nie so ernst und nachdenklich erlebt. Er wirkt immer, als könne ihm nichts etwas anhaben, als stehe er erhaben über allem. Zögernd greife ich nach seiner Hand, sodass er zuerst dorthin und dann zu mir hochsieht.

»Das tut es. Es macht Sinn und du bewegst etwas – ihr alle bewegt was. New Yorks Straßen waren noch nie so sicher wie in der heutigen Zeit, oder?«

Er lächelt und streichelt mit dem Daumen über die Innenseite meines Handgelenks, was mich tief Luft holen lässt.

Vermerk an mich selbst: Marissa sagen, dass ihre Vorschläge absolut nichts taugen.

»Und du?« Er nippt an seinem Kaffee. »Wolltest du schon immer Personalchefin einer großen Bank sein?«

Ich denke kurz über die Frage nach und will gerade antworten, als er mir zuvorkommt. »Also nicht.«

»Wie kommst du darauf?«

»Weil du dann nicht über die Antwort nachdenken müsstest.«

»Ich liebe meinen Job«, rechtfertige ich mich und nehme einen Schluck des Kaffees, der inzwischen nur noch lauwarm ist. Wie aufs Stichwort kommt die Bedienung an unseren Tisch und hält fragend die Kaffeekanne hoch. Um Zeit zu schinden, lasse ich sie nachschenken und rutsche unter Coles durchdringendem Blick auf der Sitzbank hin und her.

»Wirklich«, bestätige ich meine Aussage noch einmal und versuche, das leichte Unwohlsein mit einem Lachen zu überspielen.

»Das bezweifle ich nicht.«

Forschend suche ich in seinem Gesicht nach einem lockeren Spruch, den er mir vielleicht gleich vor den Latz knallen wird, doch der Cole hier vor mir ist ein anderer als der, den ich bisher kannte. Ich könnte ihm von meiner kleinen Spinnerei erzählen, was soll er damit schon anfangen können?

»Manchmal stelle ich mir vor, wie es wäre, mich selbstständig zu machen.« Ich warte kurz, ob Kritik kommt, aber Cole sieht ernsthaft interessiert aus. »Als so eine Art nach außen verlegte Personalabteilung für Firmen, die sich nicht selbst darum kümmern wollen.«

»Interessant.« Er beißt wieder in die Erdnussbutter, unter der man den letzten Krümel Croissant kaum mehr sehen kann, und spricht mit vollem Mund weiter. »Was hindert dich daran?« Nebenbei winkt er der Bedienung zu, die noch einmal an den Tisch kommt und uns nachschenkt. Unterdessen beachtet sie ausschließlich Cole, der das gar nicht zu bemerken scheint. Ihr Blick fällt auf unsere ineinander verschränkten Hände und ich kann eine gewisse Spur von Stolz nicht leugnen – Stolz und Besitzanspruch.

»Es ist einfach zu riskant«, sinniere ich über diese fixe Idee, die mir schon seit Jahren im Kopf herumspukt, und ordne die Salz- und Pfefferstreuer zum wiederholten Male in eine Reihe mit den Essig- und Ölfläschchen. »Es wäre absoluter Schwachsinn, einen sicheren Job bei der *Campell Group* gegen eine ungewisse Selbstständigkeit einzutauschen. Ich weiß gern, woran ich bin und mit welchen Beträgen ich am Ende des Monats rechnen kann.« Ich zucke mit den Achseln. »Ich bin gerne auf der sicheren Seite und …«

»… hast die Kontrolle«, beendet er meinen Satz, was mich lächeln lässt.

»So könnte man es auch sagen.«

Cole schiebt seine freie Hand über den Tisch und bringt meine soeben abgeschlossene, akribische Ordnung mit einem Wisch wieder durcheinander. »Die Kontrolle zu verlieren, muss nicht immer schlecht sein, ganz im Gegenteil. Möglicherweise würde es dir gefallen.«

Kapitel 8

Cole

Kurz nach dem Frühstück halte ich vor dem Altbau, in dem sich Heathers Wohnung befindet, und steige ebenfalls aus dem Wagen, um mich zu verabschieden. In einer Stunde trifft sich das Team zur Dienstbesprechung und ich war noch nicht einmal zu Hause, um mich umzuziehen, weil ich lieber mit Heather zusammen sein wollte.

»Also«, sie nestelt am Griff der Handtasche herum und kaut auf ihrer roten Unterlippe.

»Was hast du heute vor?«

»Hmm, ich vermute, dass Amber inzwischen an die sechzig Mal angerufen hat, und rufe sie gleich zurück. Vielleicht arbeite ich noch ein biss…« Sie verstummt, als ich mich so nah vor sie stelle, dass ich die Atembewegungen ihres Bauches an meinem spüren kann.

»Was willst du ihr sagen?«, frage ich, streiche ihr vorsichtig die Haare, die vor ihrer Schulter liegen, zurück, was sie mit dem Blick verfolgt.

»Darüber mache ich mir gleich Gedanken.«

Ich küsse sie auf die Stirn und muss kurz die Augen schließen, um mich selbst zu beruhigen. Ihre Haut ist so unglaublich weich und sie riecht so verdammt gut. »Man kann Sachen auch kaputtdenken«, raune ich ihr ins Ohr und hinterlasse eine Spur aus Küssen bis zum Kinn. Kurz vor ihrem Mund halte ich an. »Was sagst du ihr über uns?«

»Ich weiß es nicht.«

Der Neandertaler in mir zieht sie gedanklich schon an den Haaren die Stufen zu ihrer Wohnung hoch. Da würde ich ihrem Wissen dann auf die Sprünge helfen, aber ich muss los. Ich küsse ihren Mundwinkel, woraufhin sie ihr Gesicht weiter zu mir dreht und mich küsst – und wie sie mich küsst. Unbeherrscht ziehe ich sie an mich, was sie in meinen Mund keuchen lässt, und ich merke, dass ich hart werde. Fuck. Widerwillig löse ich mich von ihr und lege die Stirn gegen ihre. »Ich muss leider los.«

Sie nickt wortlos und streichelt mir über den Rücken, was das Engegefühl in meiner Hose nicht gerade einfacher macht. Lächelnd rückt sie von mir ab und streicht über die Gänsehaut auf meinen Armen, die nicht von den Temperaturen herrührt.

Es gab schon viele Frauen, die ich haben wollte, jedoch endete dieses Gefühl auch sofort, wenn ich sie dann im Bett hatte. Oder irgendwo sonst. Bei Heather war das von Anfang an anders. Irgendwie erschien mir das Gefühl, das sie in mir auslöste, immer zu heilig, um es durch eine einmalige Sache zu zerstören.

Seit letztem Samstag in Montauk weiß ich, dass dieses Gefühl nicht zerstört, sondern durch etwas noch viel Größeres ersetzt wurde. Und zu behaupten, das würde mir keine Angst machen, wäre gelogen. Noch mehr will ich dem aber nachgeben und mich auf sie einlassen. Ungewollt fällt mein Blick auf ihre Armbanduhr. »Scheiße, ich komm viel zu spät und das ist nur deine Schuld.« Ich zeige drohend in ihre Richtung, steige ins Auto und fahre los. Im Rückspiegel sehe ich sie kopfschüttelnd lachen, gehe in die Eisen und lege den Rückwärtsgang ein. Jetzt ist es also soweit: Der kleine Cole hat seine Eier am Empfang des Muschi-Knecht-Klubs abgegeben.

Ich steige aus, renne einmal um den Wagen und küsse sie noch einmal. Oh verdammt, das ist so gut.

»Sag Amber, du bist jetzt die Hüterin meiner Kronjuwelen.« Damit sprinte ich wieder zum Auto und fahre endlich zum Dezernat.

***

»Uhhh«, begrüßt Oli, unser *Mädchen* für alles, mich, als ich in das Großraumbüro komme. »Hast du heute noch was vor, eine flachlegen vielleicht?« Er mustert mich, was irgendwie eklig ist. »Wann wollen wir mal wieder ein paar Hasen aufreißen, hmm?« Er legt eine Hand auf seine Glatze und lässt die Hüften kreisen, was noch ekliger ist. Jedem anderen würde ich jetzt einen passenden Spruch an den Kopf knallen, bei Oli hab ich das nach jahrelanger Zusammenarbeit aufgegeben und krankhafterweise mag ich ihn sogar – irgendwie. Er ist gut zwei Köpfe kleiner als ich und wiegt vermutlich kaum mehr als ich zu Vorschulzeiten. Seine Stimme ist auch ein wenig … speziell würde ich sie mal beschreiben, aber wir alle haben das stille Abkommen geschlossen, ihn nie, wirklich nie mehr darauf anzusprechen. Beim letzten Mal hat er uns eine Power-Point-Präsentation vorbereitet und uns über die Problematik von vergrößerten Polypen aufgeklärt – zwei Stunden lang. Eine OP, die das Ganze beheben könnte, lehnt er kategorisch ab. Seiner Meinung nach ist die Nasenbär-Stimme sein Markenzeichen und die Frauen stehen drauf. Na dann.

Wortlos gehe ich an ihm vorbei ins Besprechungszimmer, in dem natürlich bereits alle auf mich warten – schon wieder. Ich werfe ein »Morgen« in den Raum und setze mich auf den einzigen freien Platz neben Sam, der sich sofort zu mir rüberbeugt.

»Ist alles klar bei dir?«

»Sicher, warum?«, frage ich und sehe dabei auf die Staffelei, die links an der gegenüberliegenden Wand steht. Darauf ist alles gepinnt, was wir bisher über diesen menschlichen Abschaum gesammelt haben, und das ist leider ernüchternd wenig. Wir wissen, dass er sich gerne schlecht einsehbare Orte mit viel befahrenen Straßen in der Nähe aussucht. Logisch, er will ja auch unentdeckt bleiben und schnell flüchten. Zudem waren beide Opfer Mitte vierzig, hatten dunkles, langes Haar und schienen freiwillig mit ihm mitgegangen zu sein. Es gibt keine Anzeichen dafür, dass sie sich gewehrt hätten, keine DNA, kein Indiz, wer der Täter sein könnte, weder an den Tatorten selbst noch bei den Opfern.

»Gut«, räuspert sich Chief Harris und ordnet einen Stapel Papiere in ihren Händen. »Vorweg, es sind noch nicht alle Ergebnisse aus der KTU zurück, die Kollegen arbeiten aber mit Hochdruck daran. Hat die Befragung der Passanten irgendwas ergeben?« Sie sieht einmal in die Runde, erntet aber nur verneinendes Kopfschütteln. »Joona, hast du schon was für uns?«

Die Rechtsmedizinerin springt auf, geht nach vorne zum Pult und drückt eine Taste auf dem Laptop. Der Stand-by-Modus hebt sich auf und ein Bild der Wunde des Opfers wird an die Wand neben der Staffelei projiziert.

»Ich habe mich vorerst nur auf die Stichwunde selbst konzentriert und kann mit ziemlicher Wahrscheinlichkeit sagen, dass beide Opfer mit derselben Tatwaffe angegriffen wurden und …«

»Harris zeigt gleich noch was, das wird dich aus den Socken hauen«, flüstert Sam mir zu.

»Was denn?«

»Zwischen der Post…«

»Danke, Joona«, erhebt Chief Harris ihre Stimme, sodass ich wieder nach vorne sehe. »Dann wurde uns das heute per Post zugestellt.« Sie sieht kurz zu uns rüber und es erscheint ein neues Bild an der Wand – ein unscheinbarer Briefumschlag.

»Es ist nicht nachzuvollziehen, wer dieses Kuvert an uns adressiert hat. Er liegt bereits in der KTU und hat dort höchste Priorität, sodass wir noch heute mit der Auswertung rechnen.«

»Was ist so besonders an dem Umschlag und warum dauert das so lange?«, stöhnt Vincent auf.

»Weil wir hier nicht bei CSI Miami im Fernsehen sind, deswegen«, ranzt sie ihn an, klickt das Bild weiter und ein Foto erscheint, das meinen Puls schlagartig in die Höhe jagt. Die anderen um mich herum fangen unruhig an zu tuscheln, was ich dank des Rauschens in den Ohren kaum höre. Fragend sehe ich von Sam, über Harris wieder an die Wand auf das Foto, auf dem ich zu sehen bin, wie ich mit einem Kaffee in der Hand auf das Dezernat zugehe.

»Er führt uns an der Nase rum«, spreche ich mehr zu mir als zu den anderen, doch Chief Harris nickt.

»Hast du eine Ahnung, wann das Foto gemacht worden ist?«, richtet sie die Frage an mich.

»Es könnte nach der ersten Tatnacht gewesen sein, da war ich morgens noch mal hier. Sicher bin ich mir aber nicht.«

»Aber warum schickt er oder sie ein Foto von Cole? Es könnten Spuren drauf zu finden sein«, wirft Vincent ein.

»Er genießt die Macht, die er über uns hat.« Alle drehen sich zu mir und ich spreche weiter. »Wenn er weiß, wer ich bin, weiß er vermutlich auch, wer ihr seid. Wahrscheinlich gibt es ihm irgendeinen kranken Kick.«

Ein Raunen geht durch den Raum und Stühle werden hin- und hergeschoben.

Der Chief lässt den Laptop runterfahren und zeigt mit dem Finger auf mich. »Sam und du, ihr kommt gleich mit in mein Büro.«

»Miss Hobbs«, spricht sie unsere Pressesprecherin an, die sich ihre Brille von der Nasenspitze bis zur Wurzel hochschiebt, »von diesem Brief darf nichts nach außen dringen, klar? Noch haben wir keine Beweise, dass er wirklich vom Täter ist.«

Die unscheinbare Hobbs mit dem strengen Dutt nickt zaghaft. Chief Harris klemmt sich den Laptop unter den Arm und greift nach dem Stapel mit Papieren. »Überdies würden wir dem Wichser hierdurch nur die Aufmerksamkeit verschaffen, die er haben will.«

Damit rauscht sie ab und ich lasse mich gegen die Rückenlehne meines Stuhls sinken. Müde reibe ich mir über die Augen, als Sam mir gegen den Oberarm boxt.

»Hast du eigentlich keine anderen Klamotten mehr?« Der unangebrachteste Moment für dumme Sprüche und doch weiß ich, dass es das Beste ist, was er jetzt sagen kann.

»Da mach ich mich einmal schick für dich und du meckerst nur rum«, erwidere ich, grinse ihn an und überspiele damit mein Unwohlsein. Zudem spüre ich langsam die Müdigkeit in mir aufsteigen. »Na los, damit wir hier endlich wegkommen.« Ich tätschle ihm die Schulter und gehe schon mal in Richtung Chief-Büro, als Sam im Laufschritt neben mir auftaucht.

»Du bist müde, kommst an einem Tag zweimal zu spät und hast unmännliche Hosen an. Wieso habe ich das Gefühl, dass dahinter eine Frau steckt?«

»Hmm, keine Ahnung.« Tatsächlich lässt mich die Erinnerung an gestern Abend kurz das beunruhigende Bewusstsein, dass der Typ weiß, wer ich bin, vergessen und ich grinse wie ein seniler Idiot vor mich hin. Oh Mann, wenn ich bis eben noch die kleine Hoffnung hatte, meine Eier behalten zu dürfen, ploppen sie soeben auf den Linoleumboden auf.

»Dass ich das noch erleben darf, Cole McAllister mutiert zum Latschenkönig.«

»Du meinst Pantoffelheld«, lache ich auf und er grinst zurück.

»Dann gibst du es also zu.«

Kapitel 9

Heather

»Um elf hast du ein Gespräch mit Mister Campell, das nicht länger als eine Stunde dauern sollte. Von dort kannst du direkt ins Meeting gehen. Um zwei hast du einen Leerlauf von einer Stunde und um drei beginnen die Mitarbeitergespräche. Die Beurteilungen der Filialleiter habe ich dir per Mail geschickt. Bist du sie schon durchgegangen?« Geena sieht mich fragend an, spricht jedoch weiter, bevor ich etwas erwidern kann. »Ansonsten kannst du vielleicht noch schnell einen Blick darauf werfen. Es sind insgesamt sechs Gespräche, mit denen du bis um fünf durch sein musst, dann kommen noch zwei Bewerber …«

Lethargisch starre ich auf den heutigen Terminplan, der vor wenigen Minuten auf meinem Computerbildschirm aufgeploppt ist, und höre ihrem allmorgendlichen Monolog zu. Ich drehe das Handy in der Hand, auf dessen Display eine Nachricht von Cole angezeigt wird. Er schreibt, dass ich ihn anrufen soll, wenn ich Zeit habe.

Seit fünf Tagen haben wir uns nicht gesehen, da seine

Schicht beginnt, wenn ich Feierabend habe. Wir haben uns täglich geschrieben und zweimal telefoniert und doch ist das natürlich nicht dasselbe, als wenn er leibhaftig vor mir stünde. Die Hüterin seiner Kronjuwelen – ein Lächeln schleicht sich auf mein Gesicht, das ich sofort unterdrücke, als ich es spüre. Nein Heather, du wirst nicht zu so einem dümmlichen Groupie, das kein eigenes Gehirn mehr hat und sein gesamtes Leben nur noch auf diese eine Person ausrichtet. Nein, so bin ich nicht und doch muss ich zugeben, dass ich ihn unheimlich vermisse. Diesen herben Geruch, die Wärme seiner Haut, das strahlende Lächeln und sogar die teilweise wirklich idiotischen Sprüche. Er sagt, dass sie im Dezernat nun mal so miteinander reden. Zum einen, weil sie eben einfach so sind, und zum anderen, um bei dem, was sie mitunter erleben, nicht verrückt zu werden.

»Heather?«, reißt mich Geenas Stimme aus den Gedanken.

»Hmm?« Ich sehe zu ihr auf und sie zeigt demonstrativ auf ihre Armbanduhr.

»Du musst jetzt los.«

Ich weiß und mein erster Impuls ist es auch, aufzuspringen, noch einmal das dunkelrote Kostüm zu richten und in das oberste Stockwerk zu fahren, um Mister Campell alle möglichen Nettigkeiten in seinen faltigen Hintern zu stecken. Aber mein Bauchgefühl sagt mir, dass ich zuerst bei Cole anrufen muss, und das erste Mal seit ziemlicher langer Zeit höre ich darauf.

»Ich komme gleich nach«, damit wähle ich schon Coles Nummer und nur eine Sekunde später raunt er mir ein »Marilyn« ins Ohr, das mich erschaudern lässt. Herrgott, was macht dieser Mann nur mit mir.

»Ich sollte dich anrufen?«

»Ja, ich wollte deine Stimme hören.«

Automatisch fange ich an zu grinsen und schüttele innerlich den Kopf über mich selbst. Kein Groupie werden, Heather!

»Na, das hast du ja jetzt, sonst noch was?«, erwidere ich und versuche, dabei nicht allzu begeistert zu klingen.

»Wir machen heute Abend einen Ausflug, also nimm dir nichts vor und, was noch wichtiger ist, mach pünktlich Feierabend!«

Kurz rast der heutige Terminplan durch meine Gedanken, den ich rigoros zur Seite schiebe. Oh Gott, es ist bereits zu spät, ich lasse alles für ihn liegen und schiebe das, was mir am wichtigsten ist – meine Arbeit – in der Prioritätenliste hinter ihn. »Heather?«

»Ja, ich bin noch dran. Was hast du vor?«

»Lass dich überraschen, ich hole dich um sieben ab.«

Bevor ich noch etwas sagen kann, hat er aufgelegt und ich starre debil grinsend vor mich hin.

***

»Nie im Leben!« Kopfschüttelnd gehe ich ein paar Schritte rückwärts und löse mich dabei von Cole, der seinen Arm um meine Taille gelegt hat.

»Warum nicht?«, lacht er auf und zieht mich wieder zu sich. »Hast du es schon mal ausprobiert, dass du es so rigoros ablehnst?«

»Nein, aber es gibt Dinge, die muss ich nicht ausprobieren, um zu wissen, dass ich es nicht machen will«, beharre ich.

Cole legt den Kopf schräg und zeigt mir seine Grübchen, die ihn so unschuldig aussehen lassen, dass ich lachen muss.

»Ich bin doch nicht lebensmüde.«

»Wir können es uns doch wenigstens ansehen, sie sind nur heute hier.«

»Als du gesagt hast, du würdest mich abholen, dachte ich eher an einen Restaurantbesuch oder so was«, brummele ich, gebe aber gleichzeitig nach und wir gehen auf die Brooklyn Bridge.

Er legt den rechten Arm um meine Schulter und zieht mich so näher an sich. »Nächstes Mal wird es romantischer, versprochen.«

Keine Ahnung, ob es ihm aufgefallen ist, aber mir hallen die Worte *nächstes Mal* überlaut in den Ohren und sie erfreuen mich im gleichen Maße, wie sie mich einschüchtern. Es hört sich so nach Zukunftsplanung an, auch wenn diese Zukunft in relativer Nähe ist.

Ease, eine der größten Bungeejumping-Firmen der USA, ist auf Tour, wenn man das so nennen kann. Sie sind eine Woche lang jeden Tag in einer anderen Großstadt, wo irgendwelche durchgedrehten Freaks sich an einem Gummiseil in die Tiefe stürzen – heute eben in Brooklyn. Eigens dafür ist einer der drei Fahrstreifen der Brooklyn Bridge für etwa einhundert Meter gesperrt und eine Art Käfig ist links an den Stahlstreben befestigt. Und das soll halten?

Wenn ich mir die Scharen von Menschen dort so ansehe, scheint nicht nur Cole selbstmordgefährdet zu sein. Obwohl uns noch einige Meter von der eigentlichen Absprungfläche trennen, kann ich den markerschütternden Schrei der soeben springenden Frau über den Wind und den Lärm der an uns vorbeifahrenden Automassen hinweg hören. Skeptisch sehe ich zu Cole hoch, der mich lachend ansieht. Wie ein Kleinkind an Weihnachten, wenn es erstmals die Geschenke unterm Baum liegen sieht.

Wir reihen uns in die Schlange der Wartenden ein und ich beobachte einen schreienden Fall nach dem anderen. Insgesamt gibt es vier Absprungstellen, wobei immer nur zwei zur gleichen Zeit springen und die anderen beiden wieder hochgezogen werden.

»Willst du lieber gehen?«, fragt Cole, drückt mich noch näher an sich und sieht liebevoll zu mir herunter. Sein Körper strahlt diese unglaubliche Hitze aus, sodass ich mich einfach in seine Arme fallen lassen will – zu Hause, im Bett oder wo immer er will. Aber hier? Das Angebot zu gehen ist mehr als verlockend, aber zumindest er soll springen, wenn er denn solche Lust darauf hat, sich ins Nichts zu werfen. Andererseits will ich auch nicht wie ein Angsthase dastehen, auch wenn ich genau das in diesem Moment bin.

»Was soll dir das bringen? Du springst, schreist dir die Lunge aus dem Hals und wirst wieder hochgezogen.« Ich deute auf einen Kerl, der kreidebleich, aber offenbar happy von einer Art Flaschenzug wieder auf die Gitterplattform zurückgezogen wird. »Und dafür soll man dann auch noch Geld bezahlen?«

»Keine Ahnung, ich habs ja auch noch nie gemacht. Es soll besser sein als …«

»Sex?«, beende ich seinen Satz und er grinst mich spitzbübisch an.

»Bis letzte Woche hätte ich jetzt Ja gesagt, aber nach der Nacht mit dir kann ich mir das kaum vorstellen.«

Oh mein Gott, ich hoffe, ich starre ihn nicht ganz so baff an, wie ich bin. Meine Ohren werden warm, was so viel heißt, dass meine Wangen auch gleich rot werden. Wie kann er das in einer derart tonlosen Stimmlage sagen, während mir zugegeben nicht nur die Ohren warm werden?

»Ich mach mit.«

»Wobei?« Fragend sieht er mich an und folgt meinem Blick Richtung Gitterplattform. »Bist du sicher? Du musst das nicht tun.«

Sein skeptischer Blick lässt mich noch energischer da runterspringen wollen. Wenn jemand denkt, ich könnte etwas nicht, dann muss ich es machen, ob ich will oder nicht. Eine weniger schöne Eigenschaft von mir, ein Ding der Ehre oder so was. Ich sehe auf das Handy nach der Uhrzeit. Inzwischen stehen wir über eine halbe Stunde hier und die Schlange vor uns hat sich auf knapp zehn Leute reduziert.

»Ihr seid dran«, ruft ein *Ease*-Mitarbeiter und winkt uns

nach rechts, also erst mal von der Plattform weg. Gott sei Dank. »Seid ihr schon mal gesprungen?«

»Natürlich nicht«, platzt es aus mir heraus und ich erinnere mich, dass ich doch mutiger wirken wollte. Also räuspere ich mich und spreche weiter: »Nein, wird also Zeit.«

Cole lacht auf und legt mir wieder seinen Arm um die Schultern. Aus irgendeinem Grund habe ich das unverwüstliche Gefühl, bei ihm sicher zu sein, auch wenn das hier meine letzten Sekunden sein werden. Was für ein beschissenes Date. Andere gehen picknicken, zum Wellness oder so was. Eigentlich hätte mir aber auch klar sein müssen, dass Wellness nichts für Cole ist. Er braucht Adrenalin, Tempo, vielleicht sogar den Kick der Gefahr. Aber wie soll ich mich jetzt darüber aufregen, wenn es doch genau das ist, was mich immer so an ihm fasziniert?

»Hey, ich bin Chrisi, hast du Angst?« Ich blicke in das strahlende Gesicht einer ebenso blonden Frau, wie ich es bin. »Es wird dir gefallen, ganz bestimmt.«

»Ähm«, ich sehe zu Cole rüber, der mit einem Typen ein Stück weitergegangen ist. »Gibt es vielleicht eine Statistik, wie oft bei solchen Sprüngen etwas passiert?«

Stirnrunzelnd sieht sie mich an, während sie mich einen halben Meter zur Seite schiebt. »Eine Statistik? Das wurde ich aber auch noch nicht oft gefragt. Ich hab gerade keine dabei, nein.« Sie lacht auf. »Ich glaube auch nicht, dass man danach noch springen wollen würde.«

»Also sterben viele dabei?«

»Bist du sicher, dass du das hier willst?«

Nein, ich bin sicher, dass ich das hier nicht will, und antworte gleichzeitig: »Natürlich.«

So ganz scheint sie nicht überzeugt zu sein, winkt mich dann aber weiter zu sich. »Dann stell dich bitte einmal auf die Waage.«

»Bitte was?«, kreische ich etwas zu laut auf und sehe auf die fußmattengroße, dunkle Platte vor mir. »Wozu das denn?«

Cole dreht sich reflexartig zu mir um und ich erkenne, dass er ebenfalls auf einer solchen Platte steht.

»Der wichtigste Faktor für den richtigen Sprung ist dein Gewicht«, erklärt Chrisi mir.

»Also das finde ich aber … also echt …« Nervös sehe ich zu Cole und drehe mich einmal zu der Menschenschlange um, die noch länger geworden ist. »Aber die Anzeige sieht sonst keiner, oder?« Damit zeige ich auf das Zahlenfeld in der schwarzen Platte und sie schüttelt leicht irritiert den Kopf. Herrgott, dann stelle ich mich eben auf diese scheiß Waage.

»Siebzig Komma eins Kilogramm.«

»Shhtt, gehts noch lauter«, zische ich sie an und ihrer Mimik nach zu urteilen, werde ich ihr immer suspekter.

»Ähh … deine Hand.«

Was will sie denn jetzt, Händchenhalten? Stöhnend reiche ich ihr meine Hand und sehe, wie sie das Gewicht darauf notiert – mit Edding! Unter Schock lasse ich nur meine Augen kreisen und mir fallen die Frauen auf, die fast ausnahmslos ihre eine Hand mit der anderen bedecken.

»Na, so zieht man Kunden an, vielleicht sollte ich euch mal einer Akquiseschulung unterziehen.«

»Äh, du kannst dann weitergehen.«

Vor mich her brummelnd gehe ich weiter zu der Stelle, an der eine andere Mitarbeiterin schon auf mich wartet und mich mit den Worten »Hallo, zeigst du mir deine Hand?« empfängt.

Vielleicht sollte ich sie in die Luft halten und rufen: Wer will noch mal, wer hat noch nicht? Was solls, jetzt ist die Erniedrigung schon so weit fortgeschritten, dass ich mit meiner Hand direkt vor ihrer Nase hin und her wedele, was sie kurz zurückzucken lässt.

Mit ihrer Hilfe steige ich in eine Art riesigen Hosenträger mit Höschen dran und sie bindet mir Manschetten um die Fußgelenke, an denen das schwere Gummiseil befestigt ist.

Sowohl an den Manschetten als auch an den Hosenträgern werden Karabinerhaken befestigt, die größer als meine Handfläche sind.

»So, du kannst jetzt zu Chrisi zurückgehen.«

Warum das denn? Wie eine Strafgefangene schlurfe ich also zurück und zerre das schwere Seil hinter mir her. Langsam bekomme ich dann aber doch richtig Bammel und das wilde Gekreische der Springenden kommt mir von Minute zu Minute lauter vor. Mein rasendes Herz und das flaue Gefühl im Magen halten sich die Waage und ich glaube, kurz vor einer Ohnmacht zu stehen. Dann würde ich dem Ganzen hier aber noch einmal entgehen. Im Gegenzug könnte ich auch einfach sagen, dass ich es mir doch anders überlegt habe, aber das geht nicht. Wegen der Ehre, hatten wir ja schon.

Chrisi lächelt mich unsicher an und sieht hektisch zur Waage. »Da müssen wir jetzt noch mal durch.«

Na, jetzt fällt mir aber alles aus dem Gesicht. Für gewöhnlich lege ich sogar meine Haarspangen ab, um auch nur das kleinste Milligramm Gewicht einzusparen, und jetzt soll ich mich mit dieser Bergsteigermontur noch mal daraufstellen? Genervt, wie ich inzwischen bin, überlege ich kurz, einfach loszurennen und mich sofort von der Brücke zu stürzen – ohne gesichert zu sein. Wieder stöhne ich extra laut auf, um Chrisi an meiner Stimmung teilhaben zu lassen, und es klappt, sie sieht zumindest beschämt auf meine Füße. Wortlos steige ich auf die Waage und halte ihr meine Hand hin, da sie die noch größere Schmach vermutlich auch auf die Haut kritzeln will. Zum Glück ist Wochenende, nicht auszudenken, wenn ich mit dem Staatsgeheimnis Nummer eins auf der Hand in die Firma müsste.

»Alles gut bei dir?«, spricht Cole mich plötzlich von der Seite an, sodass ich gefühlt einen Meter in die Höhe von der Waage springe und der armen Chrisi beinahe einen Kinnhaken verpasse. Eilig verschränke ich meine Arme umständlich, wobei ausgerechnet die falsche Hand sichtbar ist und ich schnell noch einmal wechsle, was Cole mit hochgezogener Braue beobachtet.

»Na klar, alles bestens.«

Zur Hölle … Chrisi begafft Cole, als würde er nur in dem Hosenträger-Strampelanzug dastehen, und klappt ihren Mund zu, als sie meinen Blick sieht. Also wir werden ganz bestimmt keine Freundinnen mehr. Besitzergreifend umklammere ich Coles Arm und zerre ihn in Richtung Plattform, doch sobald wir am Geländer der Brücke sind und heruntersehen, bleibt mein Herz kurz stehen. Mit einem Ruck bricht mir der

Schweiß aus, obwohl es heute Abend gar nicht mehr so heiß ist, und ich halte mich an Coles Hand fest.

»Ihr seid dran«, ruft einer der Typen und winkt uns mit einer Handbewegung zu sich. Oh Gott, bitte, ich will noch nicht sterben. Ich will mich ja bewegen, ehrlich! Halt, stopp, nein, das war gelogen! Ich mache mir vor, dass ich es will, aber eigentlich will ich doch lieber wieder zurück. Ich sehe zu Cole, der im Gegensatz zu mir völlig aus dem Häuschen ist. Ich werde ihm einfach sagen, dass ich es mir anders überlegt habe und hier oben auf ihn warte.

»Hilfst du mir über das Geländer?« Hä? Wie bitte? Was? Hab ich das gerad… und schon hebt er mich schwungvoll über die stählerne Brüstung, wo ich von einem der Angestellten empfangen werde. Bescheuert, wie ich bin, gucke ich natürlich, wo ich mich hinstellen kann, und mein Blick fällt durch das Gitter nach unten. Oh bitte nicht. Unwillkürlich fangen meine Knie an zu zittern und das Herz hämmert mir bis in den Hals, wodurch ich den Puls förmlich fühlen kann. Cole springt leichtfüßig auf unsere Seite, nimmt mein Gesicht in beide Hände und küsst mich stürmisch.

»Ich hätte nie gedacht, dass du hier mitmachst.« Damit wackelt er zur übernächsten Absprungstelle. Ich auch nicht, das kannst du mir glauben. Der Typ, der sich als Till vorstellt, ruckelt an den Hosenträgern und Fußgelenken herum, wobei er unnützerweise auf mich einredet. Die Ränder in meinem Blickfeld verschwimmen und das Rauschen in den Ohren übertönt fast jedes andere Geräusch. Keine Autos, keine Musik aus dem Hintergrund und auch nicht das Geschrei der Frau neben mir. Lediglich mein flacher Atem ist zu hören, als würde ich Ohropax tragen und nur noch die Geräusche aus dem Inneren meines Körpers wahrnehmen.

Grobes Klopfen auf der Schulter veranlasst mich dazu, nach rechts zu sehen, und ich blicke Till in sein grinsendes Gesicht.

»Noch ein paar letzte Worte?«

Wie gut, dass er nachfragt. »Ich will doch nicht mehr.«

Als hätte ich den Brüller des Jahrtausends gemacht, lacht er auf, wobei er sich den flachen Bauch hält. »Körperspannung, Arme ausbreiten, Kopf zurück.« Und noch bevor meine Füße das halbwegs sichere Gitter verlassen, schreie ich aus Leibeskräften.

Kapitel 10

Heather

Mein Magen bewegt sich in entgegengesetzter Richtung zum Rest des Körpers und rutscht bis zu den Kniekehlen hoch. Ich spüre regelrecht, wie mein Schrei den gesamten Sauerstoff aus der Lunge drückt, hole tief Luft und schreie von Neuem. Es müssen Sekunden sein, die sich jedoch wie eine kleine Ewigkeit anfühlen. Der Fall wird abgebremst und schon werde ich mit einem Ruck wieder in die Höhe gezogen. Ich schreie wie gehabt und fange gleichzeitig an zu lachen wie ein Verrückte. Wieder falle ich und beginne, mich um die eigene Achse zu drehen, ein Kitzeln jagt durch jeden noch so kleinen Winkel meines Körpers. Bei der nächsten Spannung falle ich nicht mehr tief, das Seil pendelt mich aus und es geht aufwärts. Ich sehe zu Cole rüber und obwohl ich sein Gesicht nur durch einen Tränenschleier ausmache, bin ich sicher, dass er ebenso blöd grinst wie ich.

Oben angekommen, zieht Till mich auf die Plattform, klopft mir wie einem Hund auf den Rücken und zeigt in Richtung Reling, offenbar soll ich zurück auf die Brücke, doch meine Knie zittern so stark, dass ich keinen Schritt mehr wage, aus Angst, wieder hinunterzufallen. So unglaublich es auch war, soll es trotzdem ein einmaliges Erlebnis bleiben – definitiv.

Wohlbekannte Arme umschließen mich von hinten und Cole drückt mir einen Kuss auf den Hals, einfach so, als wäre es schon immer so gewesen, und es fühlt sich verdammt richtig an.

»Komm, ich helfe dir«, murmelt er mir ins Ohr und hebt mich zurück auf die Brücke. Meine Knie zittern noch immer, dennoch bin ich heilfroh, endlich wieder festen Boden unter den Füßen zu spüren. Sofort kommt die Frau, die mich vorhin eingepackt hat, um mir aus den Gurten und den Manschetten zu helfen. Langsam beruhigen sich auch meine flatternden Glieder und der Puls fährt, wenn auch nur langsam, wieder herunter.

»Und?« Cole zieht mich zur Seite, damit wir nicht im Weg stehen, und drückt mich mit den Armen an seinen Körper. Sein Gesicht ist gerötet und seine Arme zittern leicht, was beweist, dass auch er einen ordentlichen Adrenalinschub abbekommen hat.

»Es war furchtbar«, ich kann noch gar nicht richtig sprechen, »und unbeschreiblich zugleich.«

Er lacht, gibt mir einen Kuss auf die Stirn und geht, ohne mich von der Seite zu lassen, mit mir von der Brücke zu seinem Wagen. Auf die Stirn … wünscht sich das nicht jedes Mädchen mal? Einen Kuss auf die Stirn, von dem Mann, den sie … Stopp! Kopfschüttelnd pfeife ich mich selbst zurück. Für solche Aussagen ist es doch noch etwas früh. Oder?

Wie auch immer, *Eintrag ins Merkbuch: Momente, in denen Cole mich liebevoll auf die Stirn küsste – 1.*

***

Eine halbe Stunde später kommen wir in meiner Wohnung an und ich verschwinde zuerst einmal ins Bad. Als ich wieder ins Wohnzimmer komme, sitzt Cole mit einem Glas Wasser auf der Couch. Schmunzelnd gehe ich zu ihm, greife nach dem zweiten Glas, das auf dem Tisch steht, und setze mich neben ihn. Ohne nachzudenken, wie genau ich mich jetzt verhalten soll, ziehe ich meine Füße unter den Hintern und kuschele mich an seine Seite. Irgendwie scheint mit ihm nichts kompliziert zu sein, ganz im Gegenteil.

»Ich dachte, du kippst jeden Moment um, als ich dich auf die Plattform gehoben habe«, unterbricht er die Stille und dreht sich ein Stück zu mir herum. »Du hast das aber nicht für mich gemacht, oder?«

»Nein«, stoße ich hervor und stelle mein Glas ab, wobei er mich kritisch mustert. »Wirklich nicht.« Zur Bestätigung sehe ich ihm fest in die Augen. Obwohl es nicht mal gelogen ist, zumindest nicht nur, glaube ich, dass er in mir lesen kann wie in einem offenen Buch. »Vielleicht ein bisschen. Ich wollte dir eben imponieren«, gebe ich zu und will mich wieder in seine Armbeuge kuscheln, als er mich mit einem Finger unter dem Kinn zwingt, zu ihm aufzusehen.

»Du imponierst mir jeden Tag mit allem, was du tust.«

Ich schlucke hart, als er seinen Blick von den Lippen zu meinen Augen hebt und weiterspricht. »Es imponiert mir, wie ungekünstelt du bist und wie amüsant, auch wenn das oftmals unfreiwillig ist. Es imponiert mir, dass du dich für andere mehr freuen kannst als jeder andere, und ich mag deine Großzügigkeit und Fürsorglichkeit. Du bist überwältigend schön und es gibt vermutlich kaum einen Mann, bei dem du nicht den Fortpflanzungstrieb weckst.«

Sekundenlang starre ich ihn mit weit aufgerissenen Augen an. So etwas Schönes hat noch nie jemand zu mir gesagt und um ehrlich zu sein, dachte ich nicht, dass Cole dazu imstande wäre. Na gut, das Schlussplädoyer passte dann irgendwie nicht so ganz, aber immerhin. Automatisch verziehen sich meine Lippen zu einem Lächeln. »Fortpflanzungstrieb, ja?«

Grinsend zuckt er mit den Schultern und greift nach seinem Glas, das er in einem Zug leert.

»Erzähl mir, was du für Filme magst«, frage ich ihn.

»Filme?«

»Ja, Filme. Vielleicht machen wir ja mal einen DVD-Abend.«

»Hmm«, Cole tut so, als würde er nachdenken, und noch bevor er weiterspricht, weiß ich, dass etwas Dummes folgen wird. Seine strahlend weißen Zähne blitzen auf. »Pornos.«

»Blödmann, ich meine richtige Filme.«

»Das sind richtige Filme. Die Schauspieler werden meiner Meinung nach vollkommen unterschätzt.«

»Wenn du mir nicht antwortest, dann hole ich eine Schnulze.«

»Ich mag Thriller und Krimis, aber nur die, bei denen es am Ende auch gut ausgeht und die ansatzweise realistische Polizeiarbeit zeigen. Und Komödien natürlich.« Er grinst mich frech an und ich schmelze innerlich dahin. »Und du?«

»Na was wohl? Ich bin ein Mädchen, ich mag Liebesfilme. Thriller gehen aber auch. Siehst du gerne Horrorfilme?«

Cole verzieht das Gesicht. »Horror habe ich auf der Arbeit

genug, das muss ich mir dann nicht noch im Fernsehen ansehen.«

Es passiert nicht oft, dass Cole über seine Arbeit spricht, und wenn, dann so gut wie nie in so inhaltsschweren Worten. »Fällt es dir schwer, das zu trennen? Die Arbeit und dein Privatleben?«

»Meistens klappt es recht gut, aber leider nicht immer.« Ich fühle, dass er das Thema nicht weiter vertiefen will und es vermutlich auch nicht darf, als er schon weiterspricht. »Lieber Bücher lesen oder Filme gucken?«

»Bücher lesen«, erwidere ich und grinse ihn an, als er zur Antwort die Nase rümpft. »Wärst du lieber weniger gut aussehend und wohlhabend oder extrem attraktiv und arm?«, frage ich nun wieder.

»Weniger gut aussehend heißt dann ja wohl, dass ich jetzt extrem attraktiv bin.« Er grinst mich arrogant an. »Ich brauch nicht viel, um glücklich zu sein, also das zweite.«

»Und wo siehst du dich in zehn Jahren?«

»Ist das nicht eine deiner typischen Fragen in einem Bewerbungsgespräch?«

Ertappt zucke ich mit den Achseln. »Und?«

»Hm … Ich wohne immer noch in der Upper Westside,

habe vorzugsweise eine Frau, die mit meinen Macken zurechtkommt, und zwei Kinder. Einen Jungen und ein Mädchen.«

Kurz bin ich sprachlos, weil ich mir Cole so gar nicht als Familienvater vorstellen kann. Auch wenn ich inzwischen ein paar wenige Blicke auf die sanfte Seite werfen konnte, scheint er mir für so ein gleichförmiges Leben viel zu … groß. Als würde man ihn in einen Käfig sperren, in dem der Platz für ihn nicht reicht, um er selbst sein zu können.

»Du weißt aber schon, dass man das nicht planen kann?«

»Was?«, fragt er irritiert.

»Einen Jungen und ein Mädchen, du wirst nehmen müssen, was du bekommst.«

»Kein Problem, aber ich möchte beides. Notfalls mache ich eben vier Jungs, bis endlich ein Mädchen kommt, oder umgekehrt.« Er grinst wieder auf diese jungenhafte Art, sodass ich mich ihm um den Hals werfen und schreien will: *Mach mir so viele Kinder, wie du willst*. Er vernebelt mir das Hirn, anders lässt es sich nicht erklären.

»Was ist dein Lieblingsessen?«, fragt er weiter, sieht mich auffordernd an und ich antworte, ohne nachzudenken: »Spaghetti mit Tomatensoße von meiner Mutter.«

»Versteht ihr euch gut?«

»Wer, meine Mutter und ich?« Er nickt. »Ja sehr, auch

wenn sie ein wenig eigen ist. Leider sehen wir uns nicht mehr ganz so oft, seit …« Stirnrunzelnd registriere ich, was ich sagen wollte, und halte inne.

»Seit was?«

»Seit ich … bei der *Campell Group* arbeite«, flüstere ich mehr für mich als zu ihm, denn es ist tatsächlich das erste Mal, dass mir dieser Umstand auffällt.

»Wir könnten sie ja mal besuchen.«

Überrascht sehe ich zu Cole auf. »Wir beide zusammen?«

»Ähm ja, also … wenn du willst.« Verlegen kratzt er sich am Kopf und ich muss lächeln. Habe ich ihn jemals rot werden sehen?

»Du weißt aber schon, dass ich dich meinen Eltern nur vorstellen könnte, wenn das mit uns was Ernsthaftes ist.«

Kurz flackert Unsicherheit in seinem Blick, bis der selbstbewusste, alles einnehmende Cole wieder die Oberhand gewinnt. »Ich dachte, das ist es.«

Kapitel 11

Cole

Das Klingeln an der Haustür dringt in mein Unterbewusstsein, sodass ich langsam aufwache. Ich blinzle kurz den Sonnenstrahlen entgegen, die durchs Fenster ins Zimmer scheinen, und drehe mich zum Wecker auf dem Nachttisch. Neun Uhr, so lange habe ich schon ewig nicht mehr geschlafen. Schnell sehe ich auf das Handy, ob ich womöglich einen Anruf überhört habe. Nichts, Gott sei Dank.

Es schnorchelt neben mir, bevor sich die Matratze bewegt, und ich drehe mich grinsend zu Heather herum, um mich an ihren Rücken zu drängen. Noch nie habe ich so eine weiche Haut gespürt und sie ist immer warm, geradezu heiß und das auf mehrere Arten. Ich lasse meine Finger über ihre Taille nach vorne wandern, woraufhin sie – wie jedes Mal – reflexartig ihren Bauch einzieht. Ohne nachzudenken, klatsche ich ihr die flache Hand auf die Flanke, woraufhin sie sich abrupt aufsetzt.

»Was soll das denn?« Grantig sieht sie mich an und zieht sich die Bettdecke bis unters Kinn.

»Ich will nicht, dass du deinen Bauch einziehst.« Langsam ziehe ich an der Decke, die sie vehement festhält. »Er ist perfekt so, wie er ist.«

Sie grinst mich an, sodass ich die Fortsetzung meines Plans fortführe, der durch das erneute und etwas länger andauernde Klingeln an der Haustür unterbrochen wird. Resigniert lasse ich meinen Kopf auf ihren Schoß sinken.

»Los, geh die Tür aufmachen«, kichert sie und tätschelt meine Schulter.

Das wars dann wohl mit Morgensex. Nur in Shorts schlurfe ich die Treppe runter und reibe mir unterwegs den Schlaf aus den Augen. Wer auch immer da ist und seinen beschissenen Finger nicht vom Klingelknopf bekommt, dem stopfe ich ebendiesen gleich in den Arsch.

»Wer will da was?«, fluche ich, reiße gleichzeitig die Tür auf und davor steht der einzige Mensch, der unter meinem Gebrüll nicht zusammenzuckt: Mason.

»Morgeeen«, flötet er und drängt sich an mir vorbei in den Flur, von wo aus er geradewegs in die Küche marschiert. »Ich hab deine Zeitung eingesammelt.«

»Ich kann mich nicht erinnern, dich eingeladen zu haben.« Schwungvoll werfe ich die Haustür ins Schloss und folge ihm. Es hat Vor- und Nachteile, dass er jetzt direkt nebenan wohnt.

»Noch kein Kaffee fertig?« Auffordernd sieht er zur Kaffeemaschine und setzt sich auf einen der Barhocker.

»Ist alle.«

»Gut geschlafen, was?«

»Um die Uhrzeit kann ja nicht jedem die Sonne aus dem Arsch scheinen.«

»Und so reizend heute, los, mach mir Kaffee.«

Ich schüttle grinsend den Kopf, mache mich dann aber doch daran, einen Kaffee zu kochen, während er durch die Zeitung blättert.

»Wer hat denn gekling…« Heather steht, mehr schlecht als recht in die Bettdecke gewickelt, im Türrahmen. »Mason …«

Der guckt von ihr zu mir und ein weiteres Mal zurück, wobei mir sehr wohl auffällt, dass er sie etwas zu genau mustert. Aber wer kann es ihm bei dem Anblick auch verdenken.

»I-Ich geh dann mal wieder hoch«, stammelt sie, zupft ungelenk an der Decke, um sie weiter über ihren Hintern zu ziehen, und geht wieder.

Mason dreht den Kopf quasi in Slow Motion in meine Richtung und sieht mich mit geweiteten Augen an. »War das Heather?«

»Nee, Quatsch«, erwidere ich ironisch und stelle ihm die Tasse Kaffee vor die Nase, bevor ich eine weitere Tasse unter den Auslauf stelle. »Ich hab gedacht, dass Amber es dir schon erzählt hat.«

»Amber? Was?«

»Na, das mit Heather und mir.« Dieses dumme Arschloch weiß genau, was ich meine, und trotzdem wird er so lange dusselig nachfragen, bis ich sage, was er wohl noch nie von mir gehört hat.

»Was ist denn da mit Heather und dir?« Er sieht kurz über die Schulter zur Tür und wieder zu mir zurück.

»Trink den Kaffee und verschwinde wieder.«

»Mir kannst du es doch sagen.« Er steht auf, umrundet den Tisch und stellt sich direkt hinter mich, als ich meine Tasse Kaffee unter dem Auslauf der Maschine nehme. »Hat der heiße Cole sich etwa verliebt?« Er reibt sich mit wirklich ekelerregenden Gesten an mir, weshalb ich halb genervt und halb amüsiert mit den Augen rolle.

»Verschwinde, Mann«, sage ich lachend und schiebe ihn mit dem Rücken von mir weg.

»Komm schon Cole, besorgs mir. Ich bins …«

»Störe ich?«

Mason und ich drehen uns erschrocken zum Tisch um, an dem Heather jetzt in Jeans und einem meiner Shirts steht und uns angrinst.

»… deine Heather«, beendet Mason seinen unausgesprochenen Satz und hat zumindest den Anstand, ein bisschen rot zu werden.

»Deine Heather«, äfft sie ihn nach und kommt auf mich zu. »Ich gehe jetzt kurz zu Amber rüber, damit ich euch nicht störe.« Sie gibt mir einen Kuss und lächelt Mason zuckersüß an. »Bei was auch immer.« Damit verschwindet sie wieder. Verdammt, meine Klamotten sehen an ihr viel heißer aus als an mir.

»Also los, ich bin ganz Ohr.« Mason setzt sich wieder hin und klopft auf den freien Hocker neben sich.

»Was willst du denn hören?« Herrgott, manchmal ist er wie ein Weib, das alles bequatschen muss, was geht.

»Na, ob der heiße Cole sich verliebt hat?« Er zwinkert mir hysterisch zu. Wenn er nicht aufpasst, ist Zwinkern bald für ein paar Wochen nicht mehr drin.

»Für solche Aussagen ist es wohl noch etwas zu früh.«

»Ach so, ja.« Er schlägt sich mit der flachen Hand gegen die Stirn. »Ich hab da gerade was vertauscht. Das warst ja gar nicht du, der sich schon seit einem Jahr auf die Zunge latscht, wenn sie auch nur in unmittelbarer Nähe ist.«

»Du kannst mich mal«, lache ich auf. »Warum bist du überhaupt hier?«

»Wir gehen heute zur Weinprobe.«

»Aha.« Irritiert sehe ich ihn an und leere die Tasse in einem Zug. »Schön für euch und was willst du dann von mir?«

»Mit *wir* meine ich Amber, mich und unsere Trauzeugen.«

»Ich mag überhaupt keinen Wein. Sollte das nicht jemand machen, der auch versteht, was er da in sich reinschüttet?«

»Schluss jetzt!« Er steht auf und haut auf den Tisch. »Amber will, dass wir alle zusammen gehen, also gehen wir auch. Wer weiß, was sie mir sonst wieder antut.«

Ich lache laut auf und schlage ihm kameradschaftlich auf die Schulter. »Trägt sie deinen Schwanz jetzt in ihrer Handtasche rum oder was?«

Masons Gesichtsausdruck spricht Bände und ich bringe ihn zur Haustür. Als ich sie öffne, stehen Heather und Amber vor uns und Heathers Blick brennt sich sofort in meine Haut. Jetzt bloß keinen Ständer bekommen, das dürfte in der engen Shorts nicht zu übersehen sein.

»Ach, das passt ja. Zieh dich schnell an, wir fahren gleich zur Weinprobe«, sagt Heather und lächelt mich an.

Ich hebe die Hand und will gerade ein *Aber* einwenden, als eine von ihren perfekt geschwungenen Augenbrauen sich einen Millimeter bewegt, ich habs genau gesehen. Stöhnend gebe ich klein bei und stehe schon auf der ersten Treppenstufe, als Mason extra laut fragt: »Heather, wo ist deine Handtasche?«

»Wieso?«

»Ich muss ihm schnell seinen Schwanz zurückgeben, bevor es zu spät ist.«

Kapitel 12

Cole

»Betrachten Sie den Wein, Cole«, quatscht Robert, der Weinfuzzi, auf mich ein und hält sein Glas gegen das schwache Deckenlicht. »Welche Farbe haben wir hier?«

Irritiert sehe ich zu Mason, der sich köstlich darüber zu amüsieren scheint, dass Robert aus einem mir unerfindlichen Grund die ganze Zeit mit mir redet. Bin ich hier der Ehemann, der Wein für seine Hochzeit sucht?

»Äh, für mich sieht das ziemlich rot aus«, antworte ich, damit er endlich aufhört, mich fragend anzustarren. Die Rückmeldung ist ein ziemlich tussiges Kichern.

»Nicht doch, sehen Sie genau hin.« Er stellt sich etwas zu nah neben mich, was ich mit einer hochgezogenen Augenbraue registriere, und dreht das Glas direkt vor meinen Augen. »Der Rotwein schimmert leicht bläulich. Hier kann man es ganz deutlich erkennen. Warten Sie, ich hole Ihnen noch einen weiteren.«

Es ist wie bei einem Unfall, ich kann gar nicht anders, als seinem weiblichen Gang hinterherzusehen.

»Da gefällst du aber einem ausgesprochen gut, man kann es ganz deutlich erkennen«, flötet Mason und Heather beißt sich auf die Lippen, um nicht lauthals loszuprusten.

»Wenn der mich einmal anpackt, wird er die nächsten Wochen gar nichts mehr deutlich erkennen.«

»Ich wusste gar nicht, dass du homophob bist, da hatte ich vorhin noch einen ganz anderen Eindruck«, stichelt jetzt auch Heather und nippt an ihrem Wein, wobei sie mir über den Glasrand hinweg zuzwinkert.

»Ich bin nicht homophob, lasse mich aber auch nicht ungewollt begrabbeln. Von niemandem.«

»Da ist mir aber ganz anderes zu Ohren gekommen«, nuschelt jetzt auch noch Amber dazwischen. »Ach nee, da wolltest du es ja offenbar.«

Irritiert sehe ich, wie Heather drohende Blicke in Ambers Richtung wirft, sodass ihr Mund ein tonloses »Entschuldigung« formt. War ja klar, die Hühner hatten vor Kurzem wieder ihren Gackertreff. Warum müssen Frauen immer eins zu eins weitergeben, was wann genau vorgefallen ist?

»Vielleicht verbreitet dein Sendemast auch einfach die falschen Signale?«, brabbelt Amber weiter, vermutlich, um mich von dem eben Gesagten abzulenken.

»Soweit ich mich erinnere, verbreitet mein Sendemast sehr

wohl die richtigen Signale, oder was meinst du, Heather?« Diabolisch grinsend schütte ich den Wein mit dem bläulichen Schimmer in den Blumentopf hinter mir. Amber ist ausnahmsweise sprachlos und Heather wird doch tatsächlich rot, während Mason eine Augenbraue hochzieht.

»So, dann wollen wir mal.« Robert kommt zu uns zurück, verteilt vier weitere Weingläser und fängt einmal mehr mit dem Geschwenke an. »Hier haben wir einen *Tignanello Rosso Di Toscana*, eine Legende unter den Weinen. Davon geben wir höchstens zehn Flaschen pro Person ab, jedoch müssen Sie ihn einfach probieren.« Robert drängt erneut seine schmächtige Gestalt an meine Seite und flötet: »Was schmecken Sie, Cole?«

Tief durchatmend zwinge ich mich selbst zur Ruhe, rücke aber ein Stück von ihm ab. »Sende ich irgendwelche schwulen Signale oder so?«

Die anderen sehen fassungslos zwischen Robert und mir hin und her, der entweder keineswegs empört ist oder mich nicht verstanden hat. Er kostet seelenruhig von dem Wein, wobei er mir natürlich wieder auf die Pelle rückt, und streicht sich mit seiner Zunge über die Lippen. Angewidert verziehe ich das Gesicht.

»Was für eine unnachahmliche Tiefe.« Er sieht zu mir

hoch. »Nein, leider senden Sie keine schwulen Signale, außerdem bin ich sehr glücklich mit dem Besitzer dieses Weinguts liiert. Aber wenn hier so ein Bild von einem Mann einmarschiert, will ich wenigstens ein bisschen aus direkter Nähe schauen dürfen.«

Mason verschluckt sich und Heather versteckt ihr Grinsen hinter dem Weinglas.

»Bild von einem Mann, ja?«, wiederhole ich seine Worte und grinse ihn an. »Damit kann ich leben.« Ich koste von dem Wein, der wie die vorherigen scheiße schmeckt, und halte drohend einen Finger in die Höhe. »Aber nur gucken!«

»Selbstverständlich«, bestätigt Robert mir zwinkernd, wendet sich an Mason und Amber und labert endlich mal die beiden über den fruchtigen Geschmack und irgendwelche Abgänge voll. Ich stelle mein Glas ab und gehe zwischen den dunklen, bis zur Decke aufgetürmten Weinfässern hindurch in den hinteren Bereich des Weinkellers. An einer Wand mit Fächern im Mauerwerk bleibe ich stehen und ziehe einzelne der verstaubten Flaschen heraus, nur um sie gleich wieder zurückzulegen. Wer weiß, was die Buddeln hier hinten kosten.

»Robert ist nicht nur beim Wein ein Kenner.«

Ich drehe mich herum, und sehe Heather an dem gemauerten Rundbogen gelehnt stehen. »Er hat recht, du bist ein Bild von einem Mann.«

Augenblicklich scheint die Luft zu vibrieren. Schon wenn ich nur ihren Körper mustere, wird sie so nervös, dass sie ihr Gewicht von einem auf den anderen Fuß verlagert. Unsere Blicke treffen sich und ich erwidere: »Frag mich, ob ich mir schon mal vorgestellt habe …«

»Hier seid ihr«, unterbricht Amber uns und Heather dreht sich erschrocken zu ihr um. »Wir sind hier fertig. Kommt ihr noch mit zu uns? Wir könnten uns was zu essen kommen lassen.

»Heute nicht«, platzt es aus mir heraus, bevor Heather etwas antworten kann. Kurz sieht sie so aus, als wolle sie widersprechen, klappt ihren Mund dann aber zu und lächelt Amber entschuldigend an.

Keine Ahnung, wie wir nach Hause und in mein Wohnzimmer gekommen sind, aber das ist auch unwichtig. Hauptsache, wir sind jetzt hier. Nachdem ich Heather die Jeans ausgezogen habe, streife ich ihr das viel zu große T-Shirt über den Kopf und ziehe zischend Luft durch die Zähne. Ihre blonden Haare fallen über die Schultern und bedecken fast die weiße Spitze ihres BHs. Ohne ihre Haut zu berühren, drehe ich mir eine Strähne um die Finger und schlucke hart, als ich sehe, wie sich ihre rosigen Nippel gegen den durchscheinenden Stoff drücken.

»Keine gepolsterten BHs mehr«, stelle ich freudig fest. Nur mit den Fingerspitzen fahre ich über ihren Hals, über das Schlüsselbein und die dünnen Träger. Dabei entsteht eine Gänsehaut auf ihrer bleichen Haut und sie atmet seufzend ein, als ich meinen Weg über ihre Lenden bis zum Bauchnabel fortsetze. Wieder zieht sie ihren Bauch leicht ein, wobei ich dieses Mal nicht erahnen kann, ob es vielleicht an der Situation liegt. Vorsichtig gleite ich mit den Fingern weiter über den Bund ihres Höschens. »Du bist absolut vollkommen.«

Ihre Atmung beschleunigt sich weiter, sie greift nach dem Saum meines Shirts und sagt: »Und du bist immer noch komplett angezogen.« Lächelnd zerrt sie es mir über den Kopf. Ganz plötzlich ändert sich irgendwas und sie malt mit ihrem Zeigefinger Kreise auf meine Brust, als würde sie überlegen, ob sie ihre Gedanken aussprechen soll oder nicht.

»Hey, was ist?«

»Ich muss da mal was wissen … nicht, dass ich es schlimm finden würde … na ja oder doch. Ich …«

Ihr Gestammel lässt mich lachen und doch scheint es ihr ernst zu sein. Ich setze mich auf die Couch und ziehe sie neben mich. Sofort greift sie sich eins der Kissen und hält es mit den Armen umklammert vor ihren Körper.

»Na los«, fordere ich sie zum Reden auf.

»Also, Amber hat da mal was angedeutet und du hast es auch nie abgestritten.« Ich ahne, was jetzt kommt. »Macht es dir Lust, mich, also Frauen im Allgemeinen … Willst du mich schlagen?«

»Was? Nein, natürlich nicht.« Na, jetzt fällt mir aber alles aus dem Gesicht. Das ist doch nicht ganz das, womit ich gerechnet habe.

Heather atmet erleichtert aus und spricht scheinbar entspannter weiter. »Aber Amber hat immer solche Andeutungen gemacht und du hast nie was Gegenteiliges gesagt.«

»Und Amber weiß das so genau, weil?«

»Vermutlich hat Mason es ihr erzählt.«

»Ah«, ich nicke, als würde mir jetzt alles klar werden. »Und der hat es von einem anderen, der es von noch einem anderen hat?«

»Vielleicht weiß er es, weil ihr offensichtlich eine kleine Liaison miteinander habt?« Sie grinst mich provokant an. Witzig, sobald es auf meine Kosten geht, kann sie sogar wieder lachen.

»Ich kann nicht abstreiten, dass es mir gefällt, den Ton anzugeben. Mir gefällt das Gefühl, die Oberhand zu haben. Und ja, vielleicht werde ich dabei auch mal grober. Aber soweit ich mich erinnere, hast du dich bisher nicht darüber beschwert. Wenn du allerdings erwartest, dass ich die Peitsche zücke oder dich stundenlang am Fußboden kauern lasse, muss ich dich enttäuschen. Obwohl …«

»Willst du mich … fesseln?«, fällt sie mir ins Wort, sieht beschämt zu Boden und pfriemelt am Reißverschluss des Kissenbezugs.

»Irgendwann.«

Erschrocken sieht sie wieder zu mir auf, doch ich erkenne auch noch etwas anderes in ihrem Blick. Lust! Und noch mehr Neugier.

»Hast du es dir schon mal vorgestellt?«, fragt sie, und obwohl sie lächelt, läuft ihr Gesicht dunkelrot an.

»Baby, du hast ja keine Ahnung wie oft.«

Sie grinst breit, wirft das Kissen weg und schwingt sich rittlings auf meinen Schoß. »Ich hab mir auch schon oft was vorgestellt.« Während sie das sagt, knabbert sie mir vom Ohrläppchen über das Kinn zu meinem Mund und streicht mit ihrer Zunge über meine Lippen. Es ist nicht einfach, sich während ihrer Liebkosungen weiter auf ein Gespräch zu konzentrieren.

»Und das wäre?«, frage ich dennoch und schiebe meine Hand in ihr Haar.

»Dich zu schmecken.« Um ihre Worte zu untermalen, reibt sie ihre heiße Mitte auf meinem bereits mehr als einsatzbereiten Schwanz und ich ächze gequält auf.

»Wenn du unbedingt willst, könnte ich mich dazu hinreißen las…« Weiter komme ich nicht, weil sie ihre Hand bereits in meine Shorts geschoben und meinen Schaft umfasst hat. Beinahe schon zu zärtlich schiebt sie ihre Hand daran auf und ab, streichelt mit ihrem Daumen über meine pochende Spitze, und ohne weiter darüber nachzudenken, schiebe ich sie von meinem Schoß auf den Fußboden runter. »Vorstellungen sind dazu da, sie auszuleben.«

Sie zieht die Shorts ein Stück herunter und bearbeitet mich weiter, wobei sie jede Bewegung, jedes Zucken meiner Muskeln genau beobachtet. Wenn das die Hölle ist, dann will ich hier nie wieder weg. Stöhnend lasse ich meinen Kopf auf die Rückenlehne zurückfallen und versuche, sie subtil mit der Hand in die richtige Richtung zu dirigieren.

»Soll ich ihn in den Mund nehmen?«

Völlig benebelt kann ich nur nicken.

»Dann bitte mich darum.«

»Bitte was?« Schockiert sehe ich sie aus großen Augen an

und ihr roter Mund verzieht sich zu einem zuckersüßen Lächeln.

»Du sollst mich darum bitten.« Ohne Pause massiert sie mich weiter und ich glaube schon so, jeden Moment zu explodieren. Dieses kleine Miststück. Kurz überlege ich, es mir einfach selber zu machen, aber auf irgendeine perverse Art gefällt es mir sogar.

»Nimm ihn in den Mund … bitte«, tue ich ihr den Gefallen und beobachte, wie sie sich viel zu langsam vorbeugt. Wie oft habe ich sie mir zwischen meinen Beinen kniend vorgestellt, mit den vollen Lippen um …«

»Ich kann dein Gestöhne hören, Cole, und das ist echt widerlich.«

Ruckartig springt Heather sitzend einen halben Meter zurück und ich ziehe mir eilig ein Kissen auf meine Erektion, die so langsam anfängt, wehzutun.

»Hallo. Wir sind in deinem Garten und warten da auf euch.«

»Verschwinde, Lilly!«, brülle ich durch das auf Kipp stehende Fenster und werde von irrem Gekicher abgelenkt. Heather schmeißt sich auf den Rücken und legt sich die Arme übers Gesicht, während sie sich ganz offenbar köstlich zu amüsieren scheint.

»Ist das lustig?«, frage ich unnötigerweise nach.

»Ja«, schnaubt sie lachend. »Irgendwie schon.«

»Das nächste Mal kann ein anderer sie holen, das ist so was von ekelhaft gewesen. Dieses Geräusch werde ich jetzt nie wieder los«, dringt Lillys Gemotze aus dem Garten zu uns rein, was letztendlich auch mich zum Grinsen bringt.

»Nächstes Mal machen wir das Fenster zu«, schlage ich vor.

»Das wäre besser.« Heather steht auf und zieht sich ihr Shirt wieder über.

»Was wird das?«

»Na, wir gehen raus.«

»Sagte ich vorhin nicht zu Amber, dass wir heute Abend nichts machen wollen? Sollen die sich ihren Liefer-Fraß doch alleine reinschieben.«

Statt mir zu antworten, geht sie aus dem Wohnzimmer und lässt mich mit dem Kissen auf meinem pochenden Schwanz sitzen.

»Hallo?«, rufe ich in einem kläglichen Versuch, sie umzustimmen. »Ich hab doch sogar bitte gesagt.«

Sie kommt zu mir zurück und legt die Hände um mein Gesicht. »Der Abend hat doch gerade erst angefangen.«

»Wenn ich schon mit rauskomme, solltest du das vorher noch …« Das Klingeln meines Handys unterbricht mich, das darf doch alles nicht wahr sein, oder? Entschuldigend sehe ich Heather an, die es aus meiner Hosentasche zieht und zu mir rüber wirft. Meine letzte Hoffnung, dass es nur einer der Spinner da draußen ist, verpufft, als ich Olis Nummer aus dem Dezernat erkenne.

»Ja.«

»Cole, du musst kommen. Meadow Lake, zwischen Corona- und Tennis Park.«

Kapitel 13

Heather

Eintrag ins Merkbuch: Momente, in denen Cole und ich so wunderbar alltägliche Dinge tun wie einkaufen – 1.

»Also, was brauchen wir?«, frage ich, während ich den Einkaufswagen durch die Gänge des Walmarts schiebe.

»Dass wir beide nicht kochen können, schränkt die Sache erheblich ein.«

Stimmt. »Wie wäre es mit Pizza?«, schlage ich vor.

»Au ja.« Cole grinst mich gespielt freudig an. »Hatten wir lange nicht, oder?«

»Du bist so blöd.« Lachend rempele ich ihm den Ellenbogen in die Seite und biege in den Gang mit den Kosmetikartikeln ab.

»Na, da haben wir doch schon das Richtige«, höre ich ihn hinter mir und drehe mich zu ihm herum. Was für eine Überraschung, er steht bei den Kondomen und die Auswahl ist wirklich imposant. Neugierig, mit welchem Kram man ein so großes Regal füllen kann, gehe ich zu ihm herüber.

»Wie wäre es hiermit?« Cole zeigt mir ein Gleitgel, das

Wärme abgeben soll, um es für die Frau noch intensiver zu machen. »Ach nee, stimmt, Schmiermittel brauchst du kleines Luder ja nicht.«

»Shht«, zische ich und drücke meinen Zeigefinger vor den Mund. »Das geht auch ein bisschen leiser, oder?«

»Was soll das denn sein?«, frage ich angewidert und ziehe eine Packung von der Wand, auf der Kondome in Aufmachung von Elefanten abgebildet sind. »Kann man die echt benutzen?« Kopfschüttelnd hänge ich sie wieder weg.

»So, nun aber mal ernsthaft. Welche sollen es denn werden?« Cole hält drei Variationen vor uns ausgestreckt. »Die bunten für Kuschelsex, die mit Noppen, wenn du besonders lieb gewesen bist, und die schwarzen für den Fall, dass du es richtig dreckig willst. Oder?«

»Du spinnst doch«, antworte ich lachend und greife ebenfalls nach einer Packung der Genoppten. »Merkt man die kleinen Dinger überhaupt?«

»Wir nehmen sie mit«, beschließt Cole und hängt die anderen zurück. »Ich brauche natürlich XXL«, witzelt er weiter und wackelt anzüglich mit den Augenbrauen.

»Hallo Heather.«

Bitte nicht! Ich erstarre augenblicklich und visiere die Elefantenkondome an. Frei nach dem Motto, wenn ich sie nicht sehe, dann sieht sie mich auch nicht.

Cole dreht sich mit den verdammten Noppendingern in der Hand herum und sieht von der Frau hinter uns zu mir und wieder zurück.

»Hallo, ich bin Nancy, Heathers Mutter.«

Im Augenwinkel erkenne ich Coles verdatterten Gesichtsausdruck und sofort wirft er die Kondompackung hinter sich, verfehlt das Regal aber, und sie landet auf dem Fußboden. Beinahe muss ich über die Absurdität der Situation lachen, beiße mir jedoch auf die Lippen.

»Heather, willst du uns nicht vorstellen?«, fragt meine Mutter und ich kann ihren bohrenden Blick förmlich im Rücken spüren. Cole sucht unterdessen mit seinem Fuß nach der Packung und kickt sie dann mit dem Hacken unter das Regal.

Da die Taktik, was ich nicht sehe, sieht mich auch nicht, natürlich in keiner Weise funktioniert, setze ich mein strahlendstes Lächeln auf und drehe mich zu ihr herum. Coles Blick wandert prüfend zwischen uns hin und her, vermutlich bewundert er gerade unsere auffallende optische Ähnlichkeit. Genau genommen sehen wir aus wie Zwillinge mit einem Altersunterschied von zwanzig Jahren. Aber sagt man nicht auch immer: Wenn du wissen willst, wie deine Freundin im Alter aussieht, guck dir ihre Mutter an? Zumindest aus dieser Sicht hat er keinen Grund zur Klage.

»Mum«, flöte ich in überraschtem Ton, was selbstverständlich Blödsinn ist. Überschwänglich, weil wir uns tatsächlich lange nicht gesehen haben, umarme ich sie fest. Als wir uns voneinander lösen, zupfe ich meinen Blazer zurecht und wende mich Cole zu.

»Tja also, das ist Cole, mein … Freund.«

Mum bekommt große Augen und ein leicht irres Lächeln stiehlt sich auf ihr Gesicht. Ich hoffe wirklich, sie kann sich zusammenreißen. Eigentlich hatte ich vor, Cole auf das erste Treffen mit meinen Eltern, insbesondere meiner Mum, vorzubereiten. Man könnte auch sagen, ich wollte ihn warnen und gleichzeitig darauf hinweisen, dass ich nie so werde. Nur falls er die Befürchtung hegt.

»Cole, es freut mich wirklich sehr.« Sie reicht ihm die Hand, die er freudig annimmt und dabei glücklicherweise nicht bemerkt, wie sie ihn taxiert. Wobei ihre Beurteilung keineswegs anzüglich ist. Nein, sie prüft als Erstes einmal die Ausgangslage der Gene. »Wann wolltest du deinem Vater und mir denn von euch erzählen?«, fragt sie an mich gewandt.

Panisch sehe ich auf ihre noch immer ineinander liegenden

Hände. Ihr scheint also zu gefallen, was sie sieht, und momentan kann ich noch nicht abschätzen, ob mir das gefällt.

»Wir wollten Sie bald besuchen«, antwortet Cole an meiner Stelle und lächelt Mum dermaßen Schwiegersohn-tauglich an, dass sie errötet. Du lieber Himmel, es ist schlimmer als gedacht. Wenigstens halten sie jetzt keine Händchen mehr.

»Das ist doch ganz wunderbar. Haben Sie vielleicht Lust, nebenan einen Kaffee mit mir zu trinken?«

»Cole und ich müssen …«

»Sehr gern«, unterbricht er mich und strahlt mit ihr um die Wette.

»Wir sind noch mit Mason und Amber verabredet«, wiederhole ich mich mit möglichst unauffälligem Nachdruck in der Stimme. Stirnrunzelnd sieht er mich an, denn er weiß natürlich, dass das gelogen ist. Ich ziehe wie verrückt meine Augenbrauen hoch, um zu verdeutlichen, dass wir lieber gehen sollten.

»Das holen wir nach«, erwidert er lapidar und ignoriert meine offensichtliche Warnung einfach. Na bitte, soll er nachher nicht sagen, ich hätte ihn nicht davor bewahren wollen.

Den leeren Einkaufswagen lassen wir stehen und gehen in das Café nebenan. Das heißt, Cole und Mum gehen vorweg und ich trotte hinterher. Wenn er wüsste, was ich weiß, wäre er nicht so versessen auf ein Käffchen mit ihr.

»Also, Cole, wollen Sie Kinder?«

Das ging schneller als erwartet. Wir sitzen noch keine fünf Minuten und haben gerade erst unsere Bestellung aufgegeben. Ich hätte wenigstes auf zehn gewettet, aus Anstand. Cole sieht hilfesuchend zu mir, doch da muss er jetzt alleine durch. Stattdessen nehme ich der Bedienung lieblich lächelnd die Kaffeetassen ab. Hauptsache, ich muss sein hilfloses Gesicht nicht sehen. Selber schuld.

»Ähm, ja schon. Irgendwann«, räuspert er sich und nippt am Kaffee.

»Irgendwann?«, echot Mum und ich sehe mich höhnisch lächelnd im Café um. »Sie wissen aber schon, dass Heather stark auf die dreißig zugeht?«

Mit gespitzten Lippen und hochgezogenen Augenbrauen wende ich mich Cole zu, der Mum stirnrunzelnd ansieht. Vermutlich überlegt er gerade, ob sie ernst meint, was sie da von sich gibt.

»Sie musste ja unbedingt diese lange Ausbildung absolvieren, anstatt sich um die Familienplanung zu kümmern. Wissen Sie, mein Mann ist Gynäkologe …« Prustend unterbricht

Cole ihren Monolog und hustet mehrmals, bis er sich wieder beruhigt hat.

Ups, habe ich etwa vergessen zu erwähnen, welchen Beruf mein Dad ausübt?

»Wir wünschen uns mindestens ein Enkelkind, das ist uns bisher verwehrt geblieben. Mit vierzig braucht sie auch nicht mehr anfangen.« Endlich holt sie Luft und nippt an ihrem Kaffee.

»Wie alt sind Sie, wenn ich fragen darf?«, schwafelt sie weiter, offenbar musste sie nur ihre Stimmbänder ölen.

»Dreißig.«

»Ah, na ja bei den Männern ist das Alter auch unerheblich.« Gekünstelt lacht sie auf. »Die können ja selbst noch mit siebzig. Habe ich neulich erst gelesen.«

Ich stürze den Kaffee in mich und gebe Cole gleichzeitig mit Blicken zu verstehen, dass auch er endlich austrinken soll.

»Und was machen Sie beruflich?«

»Mum«, stoße ich vorwurfsvoll aus, was sie aber auch nicht weiter interessiert.

»Ich werde doch wohl fragen dürfen, ob der Zukünftige meiner Tochter auch eine Familie ernähren kann.«

»Cole und ich wollen in den nächsten Wochen weder heiraten noch Kinder zeugen. Wie du vorhin unschwer erkannt haben dürftest, standen wir am Regal mit den Verhütungsmitteln.«

»Wie dem auch sei. Ich könnte deinen Vater anrufen, er müsste bereits Feierabend haben.« Energisch wühlt sie in ihrer Handtasche. »Er kommt bestimmt gerne dazu.«

»Mum, wir sind mit Mason und Amber verabredet, sicher ist es Cole vorhin nur entfallen.«

»Ja, inzwischen erinnere ich mich«, mischt Cole sich etwas zu panisch ein.

»Ach so.« Mum lässt ihr Handy wieder in die Tasche fallen und ich lächle sie besänftigend an.

»Wir wollten ohnehin mal auf einen Kaffee zu euch kommen. Dann kann Dad Cole kennenlernen, nur heute ist es schlecht.«

»Das wäre schön«, flötet Cole und greift zeitgleich nach meiner Hand.

Ich umarme meine Mutter zum Abschied und Cole und ich flüchten beinahe aus dem Café. Draußen auf dem Parkplatz dreht er sich noch einmal um und winkt ihr durch das Schaufenster zu.

»Sag mir bitte, dass deine Mutter mich verarscht hat.«

»Ich hab dich gewarnt«, lache ich auf und er dreht sich mit weit aufgerissenen Augen zu mir herum. »Sie haben mich sogar schon mal gefragt, ob ich lesbisch sei. Mit der Begründung, dann gäbe es doch die Alternative einer Adoption.«

»Aha«, erwidert er und sieht leicht irre aus. »Und du?«

»Was und ich?«

»Willst du denn Kinder?«

Grinsend erinnere ich mich an die Antwort, als ich ihn nach seinen Zukunftswünschen fragte. »Irgendwann. Einen Jungen und ein Mädchen.«

Er lacht auf, legt einen Arm um mich und wir gehen zu seinem Wagen. »Irgendwann hört sich verdammt gut an, finde ich.«

Eintrag ins Merkbuch: Momente, in denen Cole mit mir über eine mögliche Familie spricht – 1.

Kapitel 14

Heather

Die Zeit vergeht wie im Flug und doch viel zu langsam. Zwar haben Cole und ich uns vor zwei Tagen gesehen, dennoch wird mir allmählich klar, warum er mal sagte, dass sein Job nicht beziehungsfördernd ist. Ich weiß, wie sehr er die Arbeit liebt und wie wichtig es ist, dass es Menschen wie ihn gibt. Trotzdem zieht sich mein Magen bei dem Gedanken an ihn sehnsüchtig zusammen. Ich vermisse ihn im wahrsten Sinne des Wortes schmerzlich. Was rational gesehen vollkommen unmöglich ist, wenn ich bedenke, dass das mit uns gerade mal seit gut drei Wochen geht. Allerdings drei Wochen nach monatelangem Versessensein.

»So, ich rausche ab.« Geena winkt mir durch die offen stehende Bürotür zu und verschwindet dann aus dem Blickfeld. Mein »Schönes Wochenende« hat sie sicher schon nicht mehr gehört.

Ich stopfe im Gehen noch drei Bewerbermappen in die Handtasche und will gerade die Tür hinter mir schließen, als das Handy klingelt. Wie eine Geisteskranke wühle ich danach, wobei ich immer panischer werde, sodass ich die Tasche letztendlich im Affekt umdrehe und alles herausschütte, was sich darin befindet. Leg bloß nicht auf.

»Ja«, ächze ich, als ich das Gespräch endlich annehmen kann.

»Hey, hier ist Lilly.«

»Oh, hey.«

»Nicht ganz so viel Begeisterung bitte.«

Resigniert hocke ich mich hin und sammele alles auf dem Fußboden verstreute Gedöns wieder in meine Tasche. Braucht eigentlich noch irgendein Mensch auf dieser Welt Hunderte Blasenpflaster für Hacken, Ballen oder Zehe? »Tut mir leid, ich wollte nur gerade Feierabend machen. Was gibts?«, rede ich mich raus.

»Ach so. Ich habe gehofft, dass Cole bei dir ist. Ich versuche seit Tagen, ihn zu erreichen, und zurückrufen tut er auch nicht.«

Hellhörig drücke ich das Handy fester ans Ohr, wenn er sich selbst bei Lilly nicht meldet, muss er rund um die Uhr arbeiten, anders ist das nicht zu erklären. »Er musste in den letzten Tagen viel arbeiten, mehr kann ich dir leider auch nicht sagen.«

»Hmm, ich muss jetzt los. Solltest du ihm mal einen Kaffee

zur Arbeit bringen, dann sag ihm, dass er sich bei mir melden soll. Okay? Machs gut.«

»Halt, warte mal«, rufe ich schnell in den Hörer. »Was meinst du, mit Kaffee bringen? Kann man ihn einfach im Dezernat besuchen?«

»Klar, ich war auch schon ein paarmal da.« Sie lacht, als wäre die Frage absolut bescheuert, und verabschiedet sich noch einmal.

***

Wunderbar, genauso etwas habe ich geahnt. Genervt sehe ich auf meine Armbanduhr und wieder zu der Schlange von Menschen, die vor der Sicherheitskontrolle stehen. Es ist nach sieben Uhr abends, haben die denn alle kein Zuhause?

Vor wenigen Wochen wäre es mir bestimmt nicht passiert, meinen heiligen Feierabend in einer Halle zu verbringen, in der es müffelt wie eine zehn Tage getragene Unterhose. Aber jetzt bin ich schon mal hier und darf alle paar Minuten einen Tippelschritt vorgehen, was mich immer nervöser werden lässt. Ob es wirklich eine so gute Idee war, hierherzukommen?

Endlich bin ich dran, werfe meine Handtasche in die Schale, die durch das Röntgenprüfgerät fährt, und gehe durch das

Tor. *Piep*. Absichtlich laut stöhnend sehe ich die Polizeibeamtin mit der knabenhaften Figur vor mir an und hoffe, sie hat Erbarmen. Hat sie aber nicht.

»Tragen Sie eine Uhr, einen Gürtel oder Ähnliches?«, fragt sie mit einer für eine Frau viel zu tiefen Stimme und zeigt auf ein Schild, das über dem Scanner hängt. »Noch mal für Blonde: Alle metallischen Gegenstände müssen abgelegt werden.«

Meine Augenbrauen schießen in die Höhe, aber ich fange mich direkt wieder, gehe zurück und lege Gürtel und Uhr in eine weitere Schale. Ganz ruhig, Heather, stolziere einfach noch mal durch das Tor, nimm deine Sachen und geh wieder. *Piep*.

Hinter mir geht ein unruhiges Raunen durch die wartende Menge, das ist ein schlechter Scherz, oder?

»Einmal hier an die Seite«, grunzt sie unfreundlich und nimmt sich einen Metalldetektor, den sie an mir hoch und runter bewegt. Vor meinen Brüsten gibt das Teil einen Signalton von sich. »Was'n das?«

Ist das ein ganzer Satz? Lernt man diese Art der Kommunikation auf der Polizeischule? Ihr Kollege, der offenbar nur zur Bühnenausstattung gehört, lacht höhnisch und sie errötet. Wahrscheinlich freut sie sich, dass sie endlich mal einen Witz gemacht hat, der sich seinem mickrigen Verstand erschließt.

»Die Allgemeinheit nennt es Bügel-BH«, gebe ich zurück und ihrem Gesichtsausdruck nach zu urteilen, vermute ich fast, dass sie den Ausdruck tatsächlich nicht kennt. Sie gibt mir einen Klipp, auf dem *Besucher* steht, und winkt mich barsch, ohne ein weiteres Wort vorbei.

Innerlich brodelnd lege ich den Gürtel sowie die Armbanduhr wieder an, nehme meine Tasche und will gerade durch die Tür ins Dezernat gehen, als ich die reizende Polizistin mit ihrem nächsten Opfer reden höre. »Sind denn heute alle schwer von Begriff?« Und wieder freut sich ihr minderbemittelter Kollege ohne wirkliche Aufgabe.

Bevor ich es stoppen kann, überbrücke ich die fünf Meter zwischen uns mit extra lauter Stimme: »Ach so und noch mal für flachbrüstige Polizistinnen: Bügel-BHs brauchen nur Frauen mit richtigen Titten.« Allein ihr dummer Gesichtsausdruck war es wert und ich schlüpfe schnell durch die Tür in einen lang gezogenen Warteraum.

Verdammt, durch wie viele Räume muss man denn hier gehen, bis man endlich da ankommt, wo man hinwill? Drei Leute sitzen auf der Stuhlreihe verteilt, die einmal um den Raum geht. Einer sieht kurz gelangweilt zu mir hoch und konzentriert sich sogleich wieder auf das Handy. Nervös sehe ich über die Schulter, doch *Dumm und Dümmer* sind mir noch nicht gefolgt, um mich wegen Beamtenbeleidigung zu verhaften. Zweifelnd gehe ich durch die Tür rechts von mir, auf der Anmeldung steht, und finde mich in einem Großraumbüro wieder. Das sieht doch schon ganz gut aus. Links und rechts stehen jeweils drei sich gegenüberliegende Schreibtische, von denen fünf besetzt sind. Einer der Männer telefoniert lautstark mit irgendjemandem, zwei andere brüllen sich über die Tische hinweg an und ein weiterer drischt so heftig auf seine Tastatur ein, dass er spätestens in einer Stunde eine neue brauchen wird.

Ich will gerade auf mich aufmerksam machen, da spricht mich ein kleiner Mann mit Glatze an. »Kann ich Ihnen helfen?«

Argwöhnisch sehe ich auf ihn herab. Verarscht der mich jetzt oder hat er wirklich eine so nasale Stimme? »Ähm, ich möchte zu …«

»Verfickte Scheiße!«, donnert eine mir allzu bekannte Stimme durch den Raum, sodass ich mich suchend umsehe und ihn schließlich vor einem deckenhohen Regal stehen sehe.

»Ich möchte zu ihm.« Damit deute ich auf Cole, lächle den kleinen Mann an und gehe auf das Regal zu. Kurz bevor ich bei ihm ankomme, bleibe ich stehen, um abzuwarten, bis er mich von selbst bemerkt. Er steht mit dem Hintern zu mir, und während er weit oben im Regal etwas sucht, kann ich das Spiel seiner Rückenmuskeln unter dem Shirt erkennen. Über dem Bund der tief sitzenden Jeans blitzt immer wieder ein Streifen gebräunter Haut auf und ich ertappe mich dabei, darüber streichen zu wollen. Oder daran zu lecken. Überall. Es sollte verboten sein, so auszusehen. Selbst die vielen Schimpfworte, die ihm sekündlich über die Lippen kommen, passen auf merkwürdige Art zu dem Gesamtbild und perfektionieren es geradezu.

Ich räuspere mich, um auf mich aufmerksam zu machen, und bereue es fast, als er sich umdreht und mich wütende Augen anblitzen. Als er sieht, dass ich es bin, verschwindet die tiefe Furche auf seiner Stirn kurz und verschiedenste Emotionen rasen durch sein Gesicht – Verwunderung, Freude und wieder Wut.

»Was zur Hölle machst du hier?«

Kapitel 15

Cole

»Na schönen Dank auch, du freust dich ja mächtig, mich zu sehen. Ich wollte dir einen Kaffee bringen«, blafft sie mich an und mein barscher Ton tut mir schon jetzt leid. Forschend sehe ich an ihr herunter.

»Welchen Kaffee?«

»Den hab ich vergessen«, schnauzt sie weiter und schiebt die Träger ihrer Handtasche den Arm hoch. »Ist ja auch egal. Ich bin so dermaßen bescheuert.« Damit dreht sie sich um und stolziert mit klackenden Absätzen auf den Ausgang unserer Abteilung zu.

Erschöpft fahre ich mir mit der Hand übers Gesicht, lasse sie kurz auf meinen vor Müdigkeit brennenden Augen liegen und gehe ihr hinterher. »Heather, warte.«

»Leck mich am Arsch.«

Alle anwesenden Kollegen heben ihre Köpfe und sehen mit großen Augen von Heather zu mir. Toll, jetzt lasse ich – Cole, der Vollblutproll – mich auch noch vor denen runterputzen. Ich erhöhe mein Tempo und greife nach ihrem Arm, kurz bevor sie bei der Tür ankommt. »Jetzt warte doch mal, verdammt.«

Sie entreißt mir ihren Arm und wirbelt zu mir rum. »Lilly hat gesagt, sie hätte dich schon öfter hier besucht. Ich wusste nicht, dass du bei mir so ein Drama draus machst.«

Natürlich, Lilly. Leicht nervös sehe ich zu Sam, der den Kampf mit dem Computer unterbrochen hat, um grinsend unser Schauspiel zu beobachten. Sachte greife ich wieder nach ihrem Arm, um sie ein Stück zur Seite zu führen. »Können wir vielleicht …«

»Nein, was auch immer du zu sagen hast, wirst du hier tun müssen.« Sie verschränkt die Arme, wobei sie unbeabsichtigt ihre Brüste hochdrückt, was den Knopf ihrer Bluse verdächtig zum Spannen bringt. Auch nicht gerade förderlich, um bei der Sache zu bleiben.

»Ich freu mich, dich zu sehen, mehr als du denkst, aber …«

»Wie bitte? Kannst du das noch mal wiederholen, das kam hier gerade nicht ganz an«, quatscht Oli dazwischen und sieht mich bitterernst an.

»Musst du nicht Filtertüten auffüllen oder so was? Verzieh dich«, fahre ich ihn an und drehe mich wieder zu Heather um, die mich aus zusammengezogenen Augen ansieht. »Könnten wir vielleicht?« Ich zeige an das andere Ende des Büros zu einem leeren Schreibtisch, wo wir ungestörter sind, und sie stöckelt ohne ein Wort los. Erleichtert atme ich aus und dackle ihr hinterher wie ein Köter, der ihr aus der Tasche gefallen ist.

»Du hast fünf Minuten, um mich um Verzeihung zu bitten.« Sie dreht sich mit immer noch verschränkten Armen zu mir um.

»Um richtig um Verzeihung zu bitten, bräuchte ich aber länger als fünf Minuten«, versuche ich, diese Unterhaltung wieder etwas leichter zu gestalten, aber sie zuckt nicht mal mit der Wimper. »Ich will dich sehen, den ganzen Tag am liebsten.« Jetzt wird ihr Blick etwas weicher, sodass ich die Chance ergreifen muss. Schnell greife ich nach ihren Armen und lege sie um mich, damit wir Körper an Körper dastehen. »Du bist mein …« Wie soll ich es ausdrücken, ohne wie ein Waschlappen rüberzukommen? »Licht und das hat hier, bei diesem ganzen Scheiß, der gerade passiert, nichts zu suchen.« Super Cole, das hat sich jetzt sogar noch schmalziger angehört, als befürchtet.

Sie streicht mir mit der Hand über den Rücken und ich schließe kurz die Augen. »Und das hättest du mir gerade eben nicht genauso sagen können?«

Ich lasse mich auf die Schreibtischkante hinter mir sacken und ziehe sie zwischen meine Beine. »Ich bin schon seit gestern Mittag hier und einfach hundemüde.« Ich hauche ihr einen Kuss auf die Stirn. »Es tut mir leid.«

»Ich nehme an, du willst mir nicht verraten, warum deine Schicht so lang ist?«

Ich versteife mich kurz und denke an das Foto, das vorgestern per Post ins Dezernat kam, lächle sie aber an. »Solange unser Fall nicht abgeschlossen ist, wird das sicher noch ein paarmal so sein. Heute Abend können Sam und ich nach Hause, haben aber trotzdem das ganze Wochenende Bereitschaft.«

»Hmm … ist dieser Fall gefährlich?«

»Sag nicht, du machst dir Sorgen um mich«, necke ich sie und überspiele damit das mulmige Gefühl, das ich selbst seit Tagen mit mir herumschleppe.

»Ich liebe deinen Humor, aber manchmal wünsche ich mir auch einfach eine richtige Antwort.«

»Du liebst also meinen Humor, soso.«

»Cole«, sagt sie vorwurfsvoll und schlägt mich gegen die Schulter.

»Hey«, ich nehme ihr Gesicht in die Hände, damit sie mich ansieht. »Ich passe schon auf mich auf, das ist nun mal mein Job.«

Sie lächelt leicht und ich kann nicht anders, als für unsere

Zuschauer gut hörbar noch einen nachzusetzen. »Und ohne zu große Töne zu schwingen, kann ich wohl behaupten, dass ich das stärkste Glied in einer Kette von Dilettanten bin.«

Endlich lacht sie auf und sieht über meine Schulter zu den Jungs, was sie noch mehr zum Lachen bringt. Gott, sie ist so schön, wenn sie so … Jetzt ist aber Schluss, schaff sie lieber hier raus.

»Wenn es sich hier wieder beruhigt hat, kannst du gerne jeden Tag herkommen und ich falle auf diesem Schreibtisch über dich her.« Dabei tue ich so, als würde ich die Standfestigkeit des Möbelstücks überprüfen. »Ja, das sollte gehen.«

»Ich komme beizeiten darauf zurück«, flüstert sie, löst sich von mir und zieht sich ihren Blazer zurecht. Mit wackelnden Hüften geht sie auf den Ausgang zu, wobei ihr neben meinen eigenen noch sechs weitere Augenpaare gierig folgen. Grinsend eile ich ihr hinterher, bis sie sich an der Tür noch einmal zu mir umdreht und mich anspricht: »Ich könnte in deiner Wohnung auf dich warten.«

»Bei mir zu Hause?«

»Ähm ja, natürlich nur, wenn es dich nicht stört.«

Ich glotze vermutlich gerade wie ein pubertierender Scheißer, der das erste Mal in seinem Leben eine nackte Frau sieht. Der Gedanke, dass sie auf mich wartet und da ist, wenn ich nach Hause komme, beruhigt mich auf ungeheure Weise und schiebt den andauernden Magenschmerz der letzten Tage in den Hintergrund.

»Das wäre wirklich … schön.« Ich ziehe meinen Schlüsselbund aus der Hosentasche, löse den Haustürschlüssel und reiche ihn ihr.

Sie lächelt wieder, lehnt sich dann zur Seite und winkt den Jungs zu. »Hat mich gefreut.«

»Mich auch«, kommt es synchron zurück und ich verdrehe die Augen. Sobald hier eine Frau mit Rock reinkommt, werden sie zu sabbernden Idioten.

»Also dann.« Sie stellt sich auf die Zehenspitzen, haucht mir einen Kuss auf die Wange und drückt die Tür auf. Bevor sie hindurchgeht, halte ich sie noch mal zurück und beuge mich zu ihrem Ohr herunter.

»Frag mich, ob ich mir schon mal vorgestellt habe, dich in deinem Businessoutfit zu … lieben.«

Sie schnappt nach Luft, was in etwa die Reaktion ist, die ich mir erhofft habe, und schiebe ein »Bis später« hinterher. Dann drehe ich mich zu den Jungs um, die immer noch auf die zufallende Tür starren.

»Die ist ziemlich heiß«, merkt Vincent an und nickt mir

anerkennend zu. Ziemlich bescheuert, aber ich kann mir ein stolzes Grinsen nicht verkneifen.

Oli plappert irgendwas vor sich hin, das ich nicht verstehe, und kommt dann zu mir. »Ob sie mich auch mal ranlässt, wenn du mit ihr fertig bist?«

Ich spüre beinahe körperlich, wie sich Wut in mir aufbaut, und balle die Hände zu Fäusten.

»Hey.« Sam ist neben uns getreten und klopft mir auf die Schulter. »Das war doch nur ein dummer Spruch.«

Ich weiß, dass er recht hat, und atme einmal tief durch, bevor ich mich wieder auf den Weg zum Regal mache. »So kannst du reden, über wen du willst, aber sie ist tabu. Klar?«

»Glasklar«, piepst Oli zurück, der wohl selbst erkannt hat, dass der Spaß bei mir das erste Mal ein Ende gefunden hat. Na ja, ein zweites Mal, Witze über Lilly lasse ich ebenso wenig gelten.

Wie lange suche ich diesen verdammten Bericht aus der Spurensicherung eigentlich schon?

»Vielleicht solltest du ihr sagen, dass sie erst mal nicht herkommen soll. Nur bis sich alles geklärt hat«, spricht Sam mich von hinten an, sodass ich mich zu ihm rumdrehe.

»Was glaubst du wohl, was ich da gerade versucht habe?«, frage ich ärgerlich, wobei ich zum Schreibtisch zeige, an dem

Heather und ich noch vor wenigen Minuten standen. »Ich hab nicht gewusst, dass sie vorhatte, herzukommen.«

»Dann weiß sie es ja jetzt.« Er verzieht seinen Mund, was wohl eine Art Aufheiterung darstellen soll, die jedoch nicht funktioniert.

Mein Blick fällt in das Dienstzimmer, wo die Staffelei zu unserem *Silent murder*-Fall, wie die Presse ihn getauft hat, steht, und das neueste Indiz springt mich regelrecht an. Ein weiteres Foto, dieses Mal von Sam an dem Tatort, den wir am letzten Wochenende aufsuchen mussten.

Kapitel 16

Heather

Lustlos zappe ich mich durch das Fernsehprogramm und blende kurz die Zeit ein, um zu sehen, dass es schon nach acht ist. Da ja doch nichts kommt, was mich jetzt ablenken würde, schalte ich das Gerät ab und gehe an eins der beiden Wohnzimmerfenster, die zur Straße rausgehen. Ich sehe rechts und links den Parkstreifen der Straße entlang, doch Coles Wagen ist natürlich immer noch nicht zu sehen. Wenn, dann hätte ich das laute Röhren seines Proleten-Camaro auch schon gehört. Ich drehe mich um, lehne den Hintern gegen die Fensterbank und lasse meinen Blick durch das Wohnzimmer wandern. Obwohl Cole stets den Anschein eines immerwährenden Junggesellen macht, zeigt die Art, wie er wohnt, eine andere, harmonische Seite von ihm. Schon die stuckverzierte Häuserzeile, in der ihm eine Wohnung gehört, ebenso wie Mason und Amber, die inzwischen direkt nebenan wohnen, erweckt eher den Eindruck, als würden dort verliebte Pärchen und junge Familie wohnen. Es passt so gar nicht zum rüden Cop mit der Affinität zu Schimpfwörtern, der am Wochenende mit Lederjacke und schwarzem Bike die Straßen unsicher macht.

Zentraler Mittelpunkt des Wohnzimmers ist die riesige anthrazitfarbene Couch rechts von mir, auf der sicher acht Leute Platz finden könnten. Ihr gegenüber hängt der nicht weniger große Fernseher, unter dem ein helles offenes Regal über die gesamte Breite der Wand verläuft. Lächelnd gehe ich darauf zu und ziehe eins der unzähligen Bücher heraus. Ich kann mir Cole so gar nicht mit einem Buch auf der Couch vorstellen. Er scheint mir dafür viel zu energiegeladen zu sein, als seine durchaus knapp bemessene Zeit so zu vertrödeln. Ich schiebe das Buch zurück und ziehe das nächste heraus – wieder ein Thriller. Ich lege es ab und gehe weiter Richtung Tür, wobei ich einen Finger über das Regal ziehe und ihn mir vors Gesicht halte. Kein Staub, auch das widerspricht meinem Bild von ihm total. Eigentlich ist er doch viel zu cool zum Putzen, oder hat er womöglich eine Putzfrau? Oder noch schlimmer: Seine Mutter kommt zum Saubermachen her?

Wann hatte ich das letzte Mal richtige Langeweile so wie in diesem Moment? Wenn ich, so wie jetzt, an einem Freitagabend zu Hause bin, arbeite ich eben von dort aus. Stirnrunzelnd bemerke ich, dass ich so erpicht darauf war, ins Wochenende zu kommen und Cole zu sehen, dass ich nicht einmal daran gedachte habe, den Laptop mitzunehmen.

Kurz entschlossen gehe ich nach oben ins Schlafzimmer und ziehe mich aus. Da mein Besuch hier nicht geplant war und ich direkt vom Dezernat hergefahren bin, habe ich natürlich keine Wechselsachen, geschweige denn einen Schlafanzug dabei. Kurzum nehme ich mir das Shirt vom Stuhl, der vor dem Fenster steht, und halte es mir vor die Nase. Coles einzigartiger Geruch hängt daran und ich atme tief Luft ein, bevor ich es überziehe. Als ich mich hingelegt habe, ziehe ich die Decke bis unter mein Kinn und rolle mich auf die Seite.

Es war schon immer so, dass Cole oftmals am Wochenende gearbeitet hat, wenn wir anderen frei hatten und uns mal bei Riley in der Werkstatt oder bei Mason und Amber getroffen haben. Ich glaube, mich auch daran zu erinnern, dass die Schichten extrem lang sind, wenn sie einen aktuellen Fall bearbeiten, dennoch ist es dieses Mal etwas anderes. Ein flaues Gefühl liegt mir im Magen, beinahe so, als würde mein Körper unter Spannung stehen und regelrecht auf eine Nachricht warten, die mir den Boden unter den Füßen wegziehen würde.

***

Zwinkernd versuche ich, mich an das grelle Sonnenlicht zu gewöhnen, das durch die Fenster scheint und mir in den Augen brennt. Als ich einigermaßen sehen kann, fällt mein Blick auf den Stuhl vor dem Fenster, auf dem noch immer nur mein Rock und die Bluse liegen, jedoch nichts von Cole. Hektisch setze ich mich im Bett auf, wobei ich mich zeitgleich drehe, und spüre den Puls in meinem Hals heftig schlagen, doch er liegt da. Wie ein Baby auf der Seite zusammengerollt, noch immer mit der Kleidung, die er gestern im Dezernat getragen hat. Wann auch immer er nach Hause gekommen ist, er muss sofort ins Bett gefallen und augenblicklich eingeschlafen sein.

Um ihn nicht aufzuwecken, lege ich mich vorsichtig wieder hin, doch die Matratze wabbelt hin und her. Ein Kerl wie ein Baum, aber eine Matratze so weich, dass sie schon nachgibt, wenn man sie nur ansieht.

Es kribbelt mir in den Fingern, ihn zu berühren, ihm die wirren Haarsträhnen aus der Stirn zu schieben oder über seine Wange zu streichen, um das Kratzen der Bartstoppeln zu spüren.

»Du starrst mich an«, unterbricht er die Stille, öffnet zeitgleich die Augen und lächelt mich an.

»Hey«, gebe ich grinsend zurück.

»Tut mir leid, dass es doch später geworden ist, als gedacht. Ich wollte dich nicht wecken, du hast so schön geschnarcht.«

»Bitte? Ich schnarche nicht.« Lachend stoße ich ihm meine Faust gegen die Brust, die er reflexartig festhält, um einen Kuss auf mein Handgelenk zu drücken. Herr im Himmel, ob ich mich daran jemals gewöhnen werde? »Wann warst du zu Hause?«

»Irgendwann um kurz vor elf.«

»Möchtest du … darüber reden?« Besser wäre wohl die Frage, ob er es überhaupt dürfte, selbst wenn er es wollte.

Sekundenlang sieht er mir so eingehend in die Augen, dass ich befürchte, er könnte bis in die Tiefen meiner Seele durchdringen und dort alles erkennen, was ich für ihn empfinde. Was ich schon lange empfinde, nur nie bereit war, mir einzugestehen. Ehrlich gesagt, so richtig bereit bin ich dafür immer noch nicht.

Langsam schüttelt er Kopf. »Nein, das will ich nicht. Ich werde diesem Abschaum keinen Platz in unserer Beziehung geben.«

Warte? Was?

Eintrag ins Merkbuch: Momente, in denen Cole sagte, wir hätten eine Beziehung – 1.

Jetzt bloß nicht grinsend oder freudig schreiend durch das

Haus rennen. Ups, zu spät. Ich gluckse, ohne es zu wollen, und Cole schiebt sich ebenfalls grinsend auf mich.

»Würdest du mir sagen, was es Schönes zu lachen gibt?« Er haucht Küsse auf meinen Hals, die mich sofort zum Verstummen bringen, und arbeitet sich über das Kinn zu meinem Mund vor.

»Stopp«, quieke ich auf und schiebe ihn von mir runter, das heißt, ich versuche es. »Geh von mir runter, ich werde dich auf gar keinen Fall küssen, ohne dass wir uns vorher die Zähne geputzt haben.«

»Junge, Heather, deine Spontaneität ist wirklich unübertrefflich.« Lachend rollt er sich von mir herunter, springt auf seiner Seite aus dem Bett und läuft ins Bad.

Grinsend folge ich ihm, stelle mich an das zweite Waschbecken und putze mir mit einer neuen Zahnbürste, die er mir gibt, die Zähne. Als er fertig ist, zieht er sich die Kleidung von gestern aus und verschwindet zurück im Schlafzimmer, wohin ich ihm zwei Minuten später folge. Was zur Hölle? Geschockt bleibe ich im Türrahmen stehen.

»Ich denke, es wird Zeit für Phase zwei«, sagt er, ohne den Blick von den Handschellen zu nehmen, die an seinem Finger baumeln. Heilige Scheiße.

Engelchen und Teufelchen sind natürlich sofort da. Und

während Engelchen mir sagt, ich solle den Abstand von hier bis zur Haustür abchecken, um schnellstmöglich abzuhauen, schickt Teufelchen Stromimpulse nach … na ja, wohin wohl?

»Wie viele Phasen gibt es denn?«, frage ich zaghaft. Er sieht zu mir auf und seine Augen sind dunkel vor Verlangen. Der Gedanke, mich anzuketten, scheint ihm wirklich zu gefallen. Automatisch sehe ich zur Zimmerdecke und stelle mit Erleichterung fest, dass sie keine Haken und Ösen hat.

»So viele wie uns einfallen, wir haben alle Zeit der Welt.«

»Tatsächlich?« War das Gefiepse eben meine Stimme? Okay Heather, wenn du das nicht willst, musst du es nicht tun. Cole würde mich nie zu etwas zwingen, das ich nicht möchte. Beschämenderweise muss ich zugeben, dass der Gedanke gar nicht so schlimm ist. Zumindest, wenn ich Teufelchen glaube.

»Hey.« Cole steht plötzlich vor mir und nimmt mein Gesicht in seine Hände. Das ist die Idealvorstellung eines romantischen Kusses, jetzt müsste er nur noch die Lippen auf meine … Herrgott, ob ich mich jemals an diese sanften Lippen gewöhnen werde? So schnell, wie er kam, löst er sich auch schon wieder von mir. »Wir müssen das nicht machen, wirklich. Es war nur eine Idee.«

Eine Idee, ja?

»Okay.« Hab ich das gerade gesagt? »Du willst also irgendwelche Machtspielchen spielen?«

»Wenn du es so nennen willst.« Seine Mundwinkel zucken und ich schiebe ihn von mir, um mein Gehirn wieder in Gang zu bekommen, und gehe zum Bett rüber.

»Einverstanden … wenn ich anfangen darf.« Ich nehme die Handschellen vom Bett und drehe mich zu Cole herum, der leicht irritiert aussieht.

»Soll das ein Witz sein?«

»Sehe ich so aus, als würde ich lachen?« Irgendwie sieht er mich gerade so an, als hätte meine Schaukel als Kind zu nah an der Hauswand gestanden. »Du darfst mit mir machen, was du willst«, erinnere ich ihn noch mal, »aber zuerst bin ich dran – einmal.«

Coles Augen verdunkeln sich wieder, der Gedanke scheint ihm durchaus zu gefallen. »Okay, dann sag mir mal, was ich tun soll.«

Kapitel 17

Cole

»Als Erstes sprichst du mich ab jetzt mit Herrin an.«

»Was?« Meine Stimme ist so hoch, dass ich tatsächlich für einen kurzen Moment glaube, ein Eunuch zu sein. »Wofür soll das denn gut sein?«

»Ruhe jetzt«, fährt sie mich an und hält sich die Hand vor ihr dreckiges Grinsen. »Geh zur Zimmertür.«

Mein Blick folgt ihrem ausgestreckten Arm, bevor ich sie wieder ansehe. »Das habe ich mir jetzt aber irgendwie anders vorgestellt. Ich hilflos gefesselt im Bett und du vergehst dich an mir oder so.«

Zur Antwort stemmt sie nur die Hände in die Hüften und sieht demonstrativ Richtung Tür.

»Boah.« Genervt gehe ich los und drehe mich zu ihr um. »Und jetzt? Soll ich die quietschenden Scharniere ölen?«

Sie krabbelt aufs Bett, wobei die Handschellen in ihrer Hand klimpern, legt sich auf den Bauch, mit dem Kopf zu mir und fragt lachend: »Hast du nicht was vergessen?«

Stirnrunzelnd sehe ich sie an und verdrehe die Augen. »Soll

ich die quietschenden Scharniere ölen, Herrin?«

Heather drückt ihr Gesicht kichernd ins Kissen und ihr Körper bebt, was auch mich zum Lachen bringt. Dieses miese Weibsstück.

Als sie sich beruhigt hat, sieht sie wieder zu mir auf. »Jetzt runter mit dir.«

»Äh … mit den Shorts?«

»Nein du, runter auf alle viere. Und wenn du das *Herrin* noch mal vergisst, muss ich dir den Hintern versohlen.«

»Na, jetzt gehts aber los, ich kriech doch hier nicht rum wie ein Wurm.«

»Nein, aber wie ein Panther.«

»Was?« Wenn ich dachte, dass meine Stimme sich eben noch nach Eunuch anhörte, klingt sie jetzt wie *Katze-auf-Schwanz-getreten*.

»Los jetzt, denk dran, du darfst dann alles mit mir machen, was du willst.«

»Kannst du das noch mal wiederholen?«, frage ich halb genervt und halb amüsiert. »Vor lauter Gewieher habe ich kein Wort verstanden.«

Sie hält sich das Kissen wieder vor den Mund, um ihren Lachkrampf zu kaschieren, und zuckt auffordernd mit dem Kopf. Na warte, wenn ich dran bin, wird sie hier auch herumkriechen und sich ordentlich den Arsch versohlen lassen müssen. Nicht dass mir das sonst einen Kick geben würde, aber sie hat es heute wirklich verdient.

Ich kann es selbst kaum glauben, aber ich gehe tatsächlich in den Vierfüßlerstand und krabbele allen Ernstes durch mein Schlafzimmer.

»Das turnt mich aber nicht an«, jammert sie mitten in dem entwürdigendsten Augenblick meines Lebens.

»Na, mich auch nicht, falls du das denkst.«

»Mach Geräusche wie ein gefährlicher Panther!«

Will die mich verarschen? »Ich bin ein stummer Panther!«

»Cole, du musst schon ein bisschen Initiative zeigen, sonst ist unsere kleine Vereinbarung hinfällig.« Aufgeregt setzt sie sich auf. »Na los!«

»Meine Fresse.«

»Was hast du gesagt?«

»Meine Fresse, Herrin«, schnauze ich sie an und sie nickt zufrieden.

Ich strecke meine Hand wie eine Kralle nach vorne und fauche dabei, was Heather laut auflachen lässt. Sie fällt rücklings aufs Bett und lacht aus vollem Hals. »Ich glaube es nicht, dass du das machst, nur weil ich es sage.« Sie schnappt immer wieder nach Luft, kann sich aber kaum mehr beruhigen, während ich immer noch wie ein Idiot auf dem Boden hocke und sie anstarre.

Endlich kommt Leben in mich und ich springe mit einem langen Satz aufs Bett, was die Matratze so stark zum Federn bringt, dass Heather einen halben Meter abhebt.

»Das ist also witzig, ja?«

»Oh ja, das ist es, und du sollst mich doch Herrin nennen.« Sie will sich aufrappeln, um aus dem Bett zu flüchten, aber ich setze mich breitbeinig auf ihre Oberschenkel und höre ein Klimpern neben mir. Ah ja, da war ja was. Ihr Blick fällt wie meiner auf die Handschellen neben meiner rechten Wade und ich grinse sie diabolisch an.

»Nein, das darfst du nicht.« Sie bäumt sich auf, zappelt und versucht, sich unter mir herauszuwinden, was ihr aufgrund meines Gewichts natürlich nicht gelingt.

»Wie bitte? Ich hab dich nicht verstanden, Herrin.«

»Ich hab kein Kennwort oder wie das heißt.« Die Adern an ihrer Stirn und dem Hals treten hervor, wobei sie knallrot wird, sie scheint sich wirklich anzustrengen. Ich müsste lügen, wenn ich behaupte, dieses Spielchen würde mich nicht anmachen.

»Popcorn.«

»Popcorn?«, fragt sie verdattert und hält still, was ich nutze, um die Handschelle um ihr rechtes Gelenk einrasten zu lassen.

»Genau, Popcorn.«

Sie sieht verwirrt auf ihr Handgelenk und schiebt sich das andere unter den Rücken. »Du könntest deinen Job dafür verlieren … Cole, ich warne dich.«

Okay, jetzt stocke ich doch kurz. Ist das noch Spiel oder nicht? Ich halte das gefesselte Handgelenk über ihrem Kopf fest, umfasse ihr Gesicht mit der freien Hand und zwinge sie, mich anzusehen. »Soll ich sie wieder abmachen?«

Stur, beinahe wütend, erwidert sie meinen Blick, bis sie ihr Handgelenk locker lässt, die Lider senkt und leicht den Kopf schüttelt. So leicht, dass ich es kaum wahrnehmen kann, aber so einfach mache ich es ihr nicht. Nicht nachdem ich auf dem Fußboden kriechen musste, damit Madame was zum Erfreuen hat.

»Soll ich die Handschellen abmachen?«, ranze ich sie an und da ist sie wieder. Sie schlägt die Augen auf und sieht fuchsteufelswild aus. Würde ich nicht gerade auf ihr hocken und die Oberhand haben, wäre ich kurz verleitet, vielleicht wegzulaufen.

»Nein, du Arschloch.«

»Na.« Ich schnalze mit der Zunge, ziehe ihre Hand unter

dem Rücken hervor und umschließe sie mit der Handschelle. Jedoch entscheide ich mich kurzerhand dagegen, sie auch noch ans Bett zu fesseln. »Du wirst mich jetzt Meister nennen.«

»Aye, aye.« Sie fuchtelt mit den Händen an ihrer Stirn herum, was wohl eine Art salutieren darstellen soll, und ich erhebe mich aus dem Bett.

»Lach nur, das wird dir schon noch vergehen, wenn ich dir erst mal alle Löcher gestopft habe wie einem Suppenhuhn.«

Augenblicklich erstirbt ihr Gekicher und sie sieht mich aus großen Augen an. Nur unter größter Anstrengung all meiner Selbstbeherrschung fange ich nicht an zu lachen und mustere sie stattdessen ärgerlich. Oh Fuck, sie hat kein Höschen an. Das ist mir unter dem langen Shirt, das sie trägt, gar nicht aufgefallen. Hart schluckend gehe ich an das Bettende, ohne meinen Blick von ihrer Mitte zu nehmen, was sie sichtlich unruhiger werden lässt. Ich krabbele wieder aufs Bett, woraufhin sie ihre Beine fast unmerklich aneinanderpresst. Oh ja, jetzt hab ich dich.

»Spreiz die Beine für mich!«

»Nein.«

Gespielt ärgerlich sehe ich ihr direkt in die Augen, die vor Begierde glühen. Wer hätte das gedacht, das Szenario scheint sie tatsächlich anzutörnen. »Spreiz die Beine, Heather, oder ich versohle dir den Hintern. Das ist mein Ernst.«

Sie schnappt empört nach Luft, kneift dann aber gequält die Augen zusammen und öffnet ihre Schenkel für mich. Ohne sie zu berühren, kann ich die feuchte Erregung sehen und der Geruch ihrer Lust steigt mir in die Nase. Inzwischen bin ich so hart, dass es beinahe schmerzt, und kurz ziehe ich es in Erwägung, mich einfach an ihr zu erleichtern. Ich entscheide mich dagegen, lehne mich über sie und flüstere ihr ins Ohr: »Die Hände bleiben da oben. Wenn du sie bewegst, gibt es einen Klaps.«

Sie dreht den Kopf in meine Richtung und sieht mich an.

»Sag ›Ja Meister‹, wenn du das verstanden hast.«

»Ja Meister, wenn du das verstanden hast«, äfft sie mich nach, und meine Mundwinkel zucken, doch ich kann mich noch zusammenreißen und schiebe eine Hand an der Innenseite ihres Schenkels nach oben, bis ich auf die dortige Nässe stoße. Heilige Scheiße.

Wir keuchen gleichzeitig auf und ich drücke die Lippen auf ihre. Sofort schiebt sie ihre Zunge in meinen Mund und küsst mich gierig, beinahe grob und ich glaube, jeden Moment in der Hose zu explodieren – schon wieder. Ich löse mich von ihr, raffe das Shirt zusammen und schiebe es ihr über den

Kopf, bis zu den Handschellen hoch. Ob ich mich je an diesem Anblick sattsehen werde?

Ihre Nippel haben sich hart zusammengezogen und recken sich mir bettelnd entgegen. Während ich einen in den Mund sauge, zwirble ich den anderen zwischen den Fingern. Je fester ich zudrücke, desto mehr windet sich ihr Körper unter mir und ich spüre schon die ersten Tropfen in der Hose landen. Was macht diese Frau nur mit mir? Ich schiebe wieder eine Hand zwischen uns nach unten und streiche vorsichtig über ihre Klitoris, was sie zum Seufzen bringt. Schnell knie ich mich hin, ziehe mir die Shorts aus, und bleibe mit meinem Blick zwischen ihren Beinen hängen. Nur einmal kurz.

Als meine Zunge das erste Mal über ihre Klitoris streift, krallt sie ihre Hände in mein Haar und presst mich noch näher an ihre Mitte. Das Gefühl, dass ich diese Zügellosigkeit in ihr auslöse, ist unglaublich und so verzichte ich gnädigerweise auf den angedrohten Klaps. Stattdessen umrundet meine Zunge ihre Klit und zeichnet das Alphabet nach. Bei J zucken ihre Schenkel neben meinem Kopf und ihr Stöhnen wird noch unkontrollierter, sodass ich von ihr ablasse. Enttäuscht seufzt sie auf und sieht zu mir herunter. Sie hebt die Arme wieder über den Kopf, vermutlich in dem Glauben, dass ich dann weitermache, und ich werde es tun, keine Sorge, aber nicht lange genug. Ohne sie aus den Augen zu lassen, umschließe ich ihre Klitoris mit den Lippen und sauge zart daran. Wieder orientiere ich mich an Heathers Reaktionen, verstärke das Saugen mit jedem lauter werdenden Seufzer und lasse von ihr ab, kurz bevor sie den erlösenden Orgasmus erreicht.

Grinsend über ihr vorwurfsvolles Stöhnen, küsse und lecke ich mich über den Bauch nach oben und knabbere leicht an der einen, dann an der anderen Brustwarze, bis hoch zu ihrem Mund.

»Bist du fertig?«, flüstere ich an ihren Lippen und sie schüttelt leicht den Kopf.

»Willst du, dass ich dich kommen lasse?«

»Ja«, haucht sie schwach und nickt dazu.

»Dann bitte mich.«

Ihre schweren Augenlider heben sich und sie sieht mich mit lustverhangenem Blick an. Es ist ihr geradezu anzusehen, wie sehr die beiden Seiten in ihr miteinander kämpfen. Als ich schon glaube, dass sie nichts mehr sagen wird, tut sie es doch.

»Bitte lass mich kommen.«

Ohne unseren Blick zu unterbrechen, dringe ich ein wenig in sie ein, ziehe mich zurück und schiebe mich von Neuem in ihre Enge. Die Intensität dieses Gefühls zwingt mich fast dazu, die Augen zu schließen, doch ich will nicht die kleinste

Regung in ihrem Gesicht verpassen. Als ich ganz in ihr bin, verdreht sie die Augen und presst den Kopf in das Laken. Ich gebe ihr kurz Zeit, sich an mich zu gewöhnen, bevor ich mich zurückziehe und hart und führend wieder in sie stoße. Hat sich schon jemals etwas so gut angefühlt, wie sie um mich herum? Heather windet sich unter mir und das schmatzende Geräusch ihrer Nässe vermischt sich mit unserem Keuchen. Ein ungekanntes Gefühl schießt durch mich hindurch, als würde sich mein Innerstes nach außen krempeln, und ich erschrecke über das laute Stöhnen, das aus meiner Kehle kommt. Heather zieht sich noch enger um mich zusammen und seufzt meinen Namen, als der Orgasmus mich mit einer nie da gewesenen Intensität überrollt.

Kapitel 18

Heather

»Verdammt, ist das heiß.« Ich schüttle meinen Finger durch die Luft und stecke ihn dann in den Mund. Ah, das tut weh. Ärgerlich sehe ich zum Telefon, dessen Klingeln mich in diesem Moment von höchster Konzentration ablenkt, und schiebe die Pfanne von der glühenden Herdplatte.

»Ja«, belle ich in den Apparat und setze dann etwas freundlicher nach. »Moore.«

»Äh, hier ist Geena.«

»Hey.« Ich klemme den Hörer zwischen Ohr und Kinn, sodass ich wieder beide Hände für meine Mission frei habe. »Was gibts?«

»Ich bin gerade in der Nähe und dachte, du hast vielleicht Zeit für einen Kaffee? Das heißt, wenn dein Superstecher nicht da ist.«

»Er heißt Cole, einfach nur Cole«, lache ich auf und puste mir eine Strähne aus der Stirn. Draußen sind knapp dreißig Grad im Schatten und ich stehe hier in einer riesigen Dampfwolke.

»Was machst du denn da, was sind das für Geräusche?«

»Ich koche.«

»Du machst waaas?«

»Wirklich sehr lustig. Ich koche. Deswegen muss ich den Kaffee auch leider ausschlagen. Cole sollte in …«, ich sehe kurz zur Uhr am Backofen, »… einer halben Stunde hier sein.«

»Oh, das ist gut. Wenn er probiert hat und sich von dannen macht, gib ihm doch noch schnell meine Adresse. Mein Essen hat den Namen wenigstens verdient und stechen lassen würde ich mich von ihm auch nur zu gerne ma…«

»Geena!«, unterbreche ich sie halb geschockt und halb belustigt. »Du weißt aber schon, mit wem du gerade sprichst, oder?« Konzentriert studiere ich weiterhin das Rezept, das ich mir vorhin ausgedruckt habe.

»Klar, aber zum einen sind wir nicht auf der Arbeit und zum anderen hat er einen guten Einfluss auf dich. Du bist irgendwie … lockerer. Sogar die Kollegen, die immer meinten, dass du nur mal einen ordentlichen Schw…«

»Schon gut, danke.« Ich möchte gar nicht wissen, was irgendwelche Kollegen sagen, obwohl bei den Worten nicht viel Spielraum bleibt. »Aber wo ich dich gerade in der Leitung habe, was bedeutet sämig einkochen lassen?«

»Oh man …«

Gut, ich gebe ja zu, dass ich möglicherweise noch weniger kochen kann, als ich immer angenommen habe. Aber so schwer kann es ja wohl nicht sein, eine Lasagne zuzubereiten.

»Ich könnte auch im Internet nachsehen, oder aber du erklärst es mir einfach.«

»Dass es dicker werden soll, sämiger eben.«

Hmm, irgendwie logisch. »Okay, ich muss jetzt Schluss machen, sonst wird das hier nie was. Den Kaffee holen wir nach, versprochen.« Damit drücke ich sie weg und lese das Rezept zum elften Mal – mindestens.

Heute ist es genau drei Wochen her, dass Cole in seinem Schlafzimmer rumgekrochen ist. Nicht dass ich mich wegen dieses Ereignisses so gut erinnern kann, nein. Er hat mir an dem Abend die drei magischen Worte gesagt.

Eintrag ins Merkbuch: Momente, in denen Cole mir sagte, dass er mich liebt – 1.

Verträumt rühre ich die Tomatensoße – drei Wochen, in denen wir fast täglich zusammen waren. Ich habe angenommen, dass es vor allem ihm schnell langweilig werden würde, schließlich war er vorher nicht unbedingt ein Kandidat für etwas Exklusives. Wobei, wenn ich es recht bedenke, ich auch nicht. Doch mit Cole ist es irgendwie so selbstverständlich, als sollte es einfach genauso sein.

Wie viel Pfeffer macht man da rein? Ich schüttle kräftig an dem Streuer, bis ein ziemlich großer dunkler Berg auf der Tomatensoße liegt, und rühre weiter. Ich muss über mich selbst lächeln. Noch vor sechs Wochen hätte ich denjenigen ausgelacht, der mir gesagt hätte, dass ich für einen Mann kochen würde. Dass dieser Mann sogar der Auslöser dafür ist, weil ich ihm eine Freude machen will. Und nun stehe ich hier an einem Topf, aus dem leicht verbrannte Gerüche aufsteigen. Verbrannt? Scheiße …

Schnell mische ich die Béchamelsoße genau nach Rezept an, schmiere mit dem Schneebesen darin rum und ziehe ihn aus der undefinierbaren Pampe nach oben. Sollen die vielen Klümpchen da drin sein? Egal. Im Handumdrehen habe ich die Lasagne in der Auflaufform – die ich mir extra für mein Lasagne-Debüt gekauft habe – und schiebe das Ganze in den Ofen. Jetzt könnte er aber auch langsam kommen. Ich gehe ins Schlafzimmer, von wo aus ich auf den hauseigenen Parkplatz heruntersehen kann, und entdecke seinen Wagen sofort. Sitzt er da noch drin? Um besser sehen zu können, kneife ich die Augen zusammen und presse meine Stirn an die Fensterscheibe. Eindeutig, ich kann seine Hände erkennen, die das Lenkrad umgreifen. Vielleicht telefoniert er? Bitte nicht, das wäre wirklich eine Katastrophe. Ich hätte nie gedacht, dass ich ein eifersüchtiger Mensch bin, aber das Dezernat fordert es geradezu heraus. Andauernd klingelt das Handy und er muss los. Wie ich es so liebe, legt Cole dann immer die Hände um mein Gesicht, küsst mich zum Abschied und sagt mir, dass auch dieser Fall irgendwann ein Ende hat. Das Ganze geht sogar so weit, dass ich inzwischen jeden Tag pünktlich Feierabend mache – ich, die mehr oder weniger mit ihrer Arbeit verheiratet war. Auch meine konsequenten Zeitpläne haben sich innerhalb der doch recht überschaubaren Zeit, die Cole und ich nun zusammen sind, auf ein Minimum reduziert. Wie Cole selbst ist auch die Zeit mit ihm unberechenbar und ich habe es aufgegeben, ihm meine pedantische Ordnung aufzwingen zu wollen. Außerdem muss ich zugeben, dass mir seine Ungezwungenheit tatsächlich guttut und auch die Mädels genießen meine neu gewonnene Freizeit. Das heißt, wenn Cole arbeitet. Ansonsten kleben wir regelrecht aneinander. Dümmlich grinsend sehe ich wieder zu ihm hinunter.

In den fünf Minuten, die ich jetzt am Fenster stehe, hat er sich nicht einmal geregt. Seine Hände umfassen das Lenkrad noch immer und ich kann mir beim besten Willen nicht vorstellen, dass er so lange telefoniert. Cole hasst telefonieren.

Mit einem mulmigen Gefühl im Magen gehe ich ins Bad, wasche mir meine nach Knoblauch stinkenden Finger und begutachte die vollkommen veränderte Frau, die mir im Spiegel entgegenblickt. Die leichten Schatten der Müdigkeit sind verschwunden und haben glänzenden Augen Platz gemacht. Ich gehe mit der Wange ganz dicht an den Spiegel, drehe den Kopf und halte die andere Seite direkt davor. Eventuell bin ich auch ein bisschen pausbäckiger geworden. Noch pausbäckiger, toll. Dennoch habe ich mich lange nicht mehr, vielleicht auch noch nie, so wohl in meiner Haut gefühlt wie jetzt.

Auf dem Weg zurück in die Küche, gehe ich noch einmal am Schlafzimmerfenster vorbei und sehe, dass Cole noch immer im Wagen sitzt. Das ungute Gefühl im Magen verstärkt sich und ich knabbere an meinem Fingernagel. Warum kommt er nicht hoch? Ob etwas Schlimmes passiert ist?

Was seine Arbeit angeht, weiß ich inzwischen, dass er über vieles nicht reden darf und es auch gar nicht will. Sobald sein Dienst zu Ende ist, legt er alles, was dort passiert, ab, und nimmt es erst wieder auf, wenn die nächste Schicht beginnt. Er sagt, anders könne man es in diesem Job nicht handhaben, und ich glaube ihm. Dennoch weiß ich es besser, manchmal wenn er diesen gedankenverlorenen Blick bekommt und ganz weit weg zu sein scheint. Er kann noch so hartherzig tun, letztendlich ist auch er nur ein Mensch.

Ich atme tief ein, was ist denn … Schnuppernd hebe ich die

Nase in die Höhe, oh verdammt, die Lasagne. Eilig sprinte ich in die Küche und ziehe die Auflaufform aus dem Backofen. Na bitte, sieht doch perfekt aus. Gerade als ich zwei Teller aus dem Schrank nehme, kommt Cole in die Wohnung. Erschrocken von seinem Anblick stelle ich die Teller auf der Arbeitsplatte ab und starre ihn an. Seine sonst immer leicht gebräunte Haut ist aschfahl und die Augen sind rot umrandet, fast so als hätte er … nein, ganz sicher nicht. Ich bin sicher, Cole hat nicht mal Tränendrüsen. Sein Blick brennt sich in meinen und er sagt kein Wort, kommt nicht wie üblich zu mir, um mich stürmisch zu umarmen.

»Alles in Ordnung?« Ich gehe einen Schritt auf ihn zu, doch er hebt abwehrend die Hände.

»Ich muss mit dir reden, Heather.«

Wenn ich vorhin noch dachte, dass das flaue Gefühl in meinem Magen unschön ist, habe ich mich geirrt. Es ist, als ob mir die Farbe vom Kopf aus nach unten rutschen würde, und mein Herz galoppiert drauflos. »Was ist passiert?«

Er friemelt am Schlüsselbund, wobei seine Finger stark zittern, und legt den Haustürschlüssel, den ich ihm erst letzte Woche gegeben habe, neben sich auf die Anrichte.

Das ist ein schlechter Film, oder? Das passiert gerade nicht wirklich.

Kalter Schweiß bricht mir aus, ich will auf ihn zugehen und kann mich doch keinen Zentimeter bewegen.

»Das mit uns … das war keine gute Idee.«

Was? Innerlich schreie ich ihn an, gehe auf ihn los und schlage auf ihn ein, aber äußerlich bleibe ich stumm. Ich konzentriere mich auf meine Atmung, versuche, mich auf einen Punkt an der Tapete hinter ihm zu fokussieren, und recke das Kinn vor. Unter gar keinen Umständen werde ich ihm zeigen, dass er gerade meine neu sortierte Welt, in der er der Mittelpunkt sein sollte, auseinandernimmt.

Er sieht kurz zur Lasagne – die verdammte Scheiß Lasagne, die ich für ihn gemacht habe – und dreht sich dann zur Tür.

»Du hast gesagt, dass du mich liebst.« Okay, jetzt hab ich doch was gesagt, aber zumindest spiegelt meine Stimme nicht im Ansatz wider, was sich gerade in mir drin abspielt. »Sieh mich an und sag mir, dass du mich angelogen hast.«

Sein breiter Rücken, über den ich so viele Male gestreichelt habe, versteift sich kaum merklich, doch ich sehe es. Als ich schon glaube, dass er einfach geht, dreht er sich noch einmal um und sein sonst so warmer, weicher Blick wandert kalt über mein Gesicht.

»Ich hab dich angelogen. Ich liebe dich nicht.«

Kapitel 19

Heather

Keine Ahnung, wie lange ich schon hier stehe und auf die Tür starre, durch die er verschwunden ist, es erscheint mir nicht wichtig. Ich greife nach dem Geschirrhandtuch, um die noch heiße Auflaufform anfassen zu können, öffne die Schranktür unter der Spüle und werfe die Form samt Inhalt in den Mülleimer. Verstört mustere ich die unordentliche Küche, das Brett, auf dem noch die Reste der geschnippelten Zwiebel und dem Käse liegen, zu den beiden schmutzigen Töpfen. Die Arbeitsplatte beschreibt meine Situation auf beinahe ironische Art und Weise. Ich habe ihn in mein Leben gelassen, habe zugelassen, dass er die bisherige Ordnung durcheinanderbringt, bis er zuletzt einen Haufen Müll zurückgelassen hat, den ich jetzt aufräumen muss.

Ich werfe das Geschirrtuch in die Spüle und gehe in mein Schlafzimmer, um aus dem Fenster zu sehen. Als müsste ich mir selbst beweisen, dass er tatsächlich weg ist. Der Parkplatz, auf dem er vorhin stand, ist leer und ich spüre ein Schluchzen, das sich tief in meiner Kehle aufbaut. Gequält schließe ich die

Augen und atme tief ein. Alles, was er zu mir gesagt hat, in all den Wochen, in denen wir uns neu kennengelernt haben, war nicht echt, zumindest nicht für ihn. Worte, die er mir bei einem unserer vielen Gespräche gesagt hat, schießen mir durch den Kopf. *Die Kontrolle zu verlieren, muss nicht immer schlecht sein, ganz im Gegenteil. Möglicherweise würde es dir gefallen.* Ich lache bitter auf und sehe wieder aus dem Fenster. Für ihn habe ich versucht, die Kontrolle abzugeben, nein, ich habe es nicht nur versucht, sondern getan und was habe ich jetzt davon.

Herrje, sogar meine Eltern wissen von ihm. Das ist etwas, was ich mir noch vor gar nicht allzu langer Zeit niemals hätte vorstellen können.

Kurz ziehe ich in Erwägung, in die Firma zu fahren und mich in Arbeit zu ertränken. Zurückzukehren in die Beständigkeit meines alten Lebens, dem Leben, bevor Cole über mich gekommen ist wie ein Wirbelsturm. Das Problem ist nur, dass ich dahin eigentlich gar nicht zurück will. Vielleicht später, jetzt gehe ich noch ein Weilchen ins Bett. Nur kurz, bis die Gedanken sich wieder geordnet haben. Ich lege mich auf die Seite, rolle mich zusammen und ziehe die Decke bis zur Nase hoch. Bei dem Geruch der Bettwäsche zieht sich mein Innerstes zusammen und meine Augen fangen an zu brennen, was ich sofort wütend zurückdränge. Du darfst ausflippen, in einem Tobsuchtsanfall sein Auto demolieren, Möbel zu Kleinholz verarbeiten, diese beschissene Bettwäsche, die so sehr nach ihm duftet, verbrennen, aber nie, niemals wirst du wegen dieses verdammten Scheißkerls auch nur eine Träne vergießen.

***

»Heather?«

Als ich Ambers Stimme höre, drehe ich mich seufzend auf den Rücken und starre zur Zimmerdecke. Wieder bollert es an der Wohnungstür und die Melodie der Klingel bimmelt durch die leisen Räume. Es gibt eigentlich nur zwei Optionen. Option eins: Sie ignorieren und Gefahr laufen, dass sie mit Karacho durch die Tür rennt. Oder Option zwei: Die Tür aufmachen, bevor es dazu kommt.

Müde rapple ich mich auf, bleibe auf der Bettkante sitzen und reibe mir mit den Händen übers Gesicht. Ein Blick auf den Wecker verrät mir, dass es acht Uhr morgens ist, wenn überhaupt, habe ich in der letzten Nacht drei Stunden geschlafen.

»Heather!«

Verdammt noch mal, ich wollte eigentlich noch ein Weilchen in diesem Haus wohnen bleiben, ohne dass die Nachbarn mir auf die Fußmatte spucken. Mit großen Schritten gehe ich zur Tür, reiße sie auf und kann gerade noch rechtzeitig zur Seite springen, als Amber in die Wohnung stürmt und erschrocken, über die offene Tür, ins Stolpern kommt. Kurz vorm Küchenschrank kann sie abbremsen, sodass sie nur noch leicht dagegenrennt und sich anschließend fluchend übers Knie reibt. Fast muss ich lachen, aber nur fast.

»Komm doch rein«, begrüße ich sie und werfe die Tür wieder ins Schloss.

»Hey.« Sie lächelt mich an und reibt weiter über ihr Knie. »Das tut ganz schön weh.«

Skeptisch mustere ich sie. Es ist Sonntagmorgen, was in Ambers Welt an sich schon besorgniserregend ist, wenn sie aber offensichtlich nicht weiß, was sie sagen soll, stimmt irgendwas ganz und gar nicht. Ich gehe an ihr vorbei in die Küche und schalte den Kaffeevollautomaten ein.

»Sag mir jetzt nicht, dass er dich hergeschickt hat.«

»Nicht direkt.«

Okay, Heather, ganz ruhig, nur nicht ausflippen. Langsam drehe ich mich zu ihr herum. »Was heißt *nicht direkt*?«

»Na ja.« Sie lässt endlich ihr dämliches Knie los, dem es ganz sicher fabelhaft geht, und setzt sich auf einen der Barhocker. »Er hat Mason heute Morgen angerufen und es ihm erzählt.«

Ich senke den Blick und wende mich dann wieder zur Kaffeemaschine, um zwei Tassen darunter zu stellen.

»Wie gehts dir?«

»Gut«, antworte ich, ohne sie anzusehen, und lobe mich innerlich für die Stärke in meiner Stimme. Haben sich die vielen staubtrockenen Seminare doch gelohnt, in denen uns beigebracht wurde, wie wir Unsicherheiten und Sorgen überspielen können. Was bei Angestellten funktioniert, klappt ebenso gut im Privatleben.

»Okay und noch mal: Wie gehts dir?«, wiederholt sie ihre Frage.

Na gut, vielleicht bildet Amber eine Ausnahme. Mit jeweils einem Becher Kaffee in den Händen drehe ich mich um und stelle ihr wortlos einen vor die Nase.

»Mason meint, dass Cole sich nicht gut angehört ha…«

»Ach, ist das so?«, unterbreche ich sie schroff, woraufhin sie mich mit großen Augen ansieht. Zeit schindend fahre ich mir mit beiden Händen durch die Haare. »Tut mir leid, es ist nur … mein Mitgefühl für Cole hält sich gerade ziemlich in Grenzen. Nein warte, das war gelogen, es ist nicht existent.«

»Ist denn irgendwas vorgefallen? Cole wirkte so … glücklich mit dir. Das kann doch nicht von heute auf morgen einfach so vorbei sein.«

»Nein, das ist es ja, es ist absolut gar nichts vorgefallen.« Ich gehe in Gedanken den gestrigen Morgen durch, bevor er zu Arbeit gefahren ist. »Ganz im Gegenteil, morgens vögelt er mich noch in den Himalaja und abends kommt er her, legt mir den Schlüssel hin und das wars.« Ich hole mein iPhone vom Wohnzimmertisch, suche seine letzte Nachricht heraus und lege sie vor Amber auf den Tisch. »Hier, die kam gestern Mittag. Er würde sich sehr auf den Feierabend freuen, um endlich wieder hier sein zu können. Kannst du mir das erklären? Also ich kann es nicht verstehen. Ich habe sogar für ihn gekocht.« Unbemerkt bin ich immer lauter geworden und nippe eilig an meinem Kaffee, um mich zu beruhigen.

»Oh, da haben wir dann wohl die Erklärung, hat er was davon gegessen?«, spottet sie, und ich kann mir trotz des Gefühls der Anspannung ein Lächeln nicht verkneifen. »Nein, Spaß beiseite, da muss doch was passiert sein, das passt überhaupt nicht zu ihm.«

Ich lache hysterisch auf. »Doch, Amber, genauso ist er. Er hat im letzten Jahr andauernd irgendwelche Frauen abgeschleppt und sobald er genug von seinem Spielzeug hatte, hat er es in die Kiste der Verflossenen gepackt.« Es jetzt in aller

Deutlichkeit auszusprechen, dreht mir den Magen um. Ich war nur eine von vielen, ein Zeitvertreib. Wobei ich mich sogar noch geehrt fühlen müsste, weil er es mit mir länger als nur ein paar Tage ausgehalten hat.

»Hmm.« Amber schiebt mir das Handy zurück und sieht nicht ganz so überzeugt aus wie ich. »Also wir haben jetzt zwei Möglichkeiten: erstens kiloweise Schokolade essen und vorm Fernseher heulen oder zweitens shoppen mit anschließendem Treffen der Mädels im *Peaches*.«

Wenn ich ganz tief in mich reinhorche, hört sich Heulen vorm Fernsehen gar nicht so übel an. Ich habe das Gefühl, der Stein in meinem Magen wird sekündlich größer und die Sturzbäche an Tränen warten nur darauf, endlich raus zu dürfen, aber ich erinnere mich an meinen Vorsatz: Nicht eine Träne vergieße ich wegen dieses Arschlochs.

»Shoppen und Mädelsabend hört sich gut an, gib mir ein paar Minuten.«

Das heutige Spiegelbild hat nichts mit dem von gestern gemeinsam, ganz im Gegenteil. Die Augenringe sind zurück, vielleicht sogar dunkler als je zuvor, und der Glanz in meinen Augen ist verschwunden. Stattdessen brennen sie vor ungeweinten Tränen. Ich stütze mich auf dem Waschbecken ab und lasse den Kopf hängen. Gestern um diese Zeit war noch alles in Ordnung, so dachte ich zumindest. Ich habe für ihn meine Deckung aufgegeben, habe zugelassen, dass etwas passiert, was ich die Monate davor schon wusste, aber mir nicht eingestehen wollte. Und was habe ich jetzt davon? Ohne Übertreibung kann ich behaupten, dass ich mich noch nie so verloren gefühlt habe. Als hätte ich mich durch Cole neu sortiert und diese neue Sortierung würde auch viel besser zu mir passen. Aber nun ist er nicht mehr da und alles würfelt sich wieder durcheinander. Die Ordnung aus der Zeit vor Cole funktioniert aber auch nicht mehr. Ich schluchze trocken auf und kneife die Augen zusammen, um mich selbst zur Ruhe zu zwingen, und sehe dann erneut in den Spiegel.

Restaurieren oder nicht, das ist hier die Frage. Ich habe mal gehört, dass man sich unter Liebeskummer gehen lässt, unter Liebeskummer heult man aber auch ständig, ich werde dieses Klischee nicht erfüllen und stattdessen das genaue Gegenteil sein.

Eine halbe Stunde später gehe ich ins Wohnzimmer und Amber stößt einen anerkennenden Pfiff aus. »Haben wir heute noch mehr vor?«

Ich habe meine Haare zu einem lockereren Knoten gebunden und einige Haarsträhnen herausgezogen, dazu die obligatorischen roten Lippen und ja, heute musste auch ein bisschen

Make-up her, um die Krater unter meinen Augen zu verdecken. Dazu trage ich ein weißes, knielanges Sommerkleid mit einem dünnen schwarzen Gürtel und gleichfarbige Sandaletten mit einem Mörderabsatz. Nicht unbedingt das richtige Schuhwerk zum Shoppen, aber ich brauche es heute, um mich zumindest äußerlich gut zu fühlen. Vielleicht treffe ich ja auch zufällig auf Cole und er soll sehen, was er verpas... Nein! Schluss, Heather, das ist vorbei und du wirst ihn auch nicht mehr wiedersehen, nie wieder. Zumindest nicht in den nächsten Monaten.

Unten an der Haustür steht Mister Smith, der älteste meiner Nachbarn und sieht durch den Türspion. Er muss um die neunzig sein und freut sich jedes Mal, wenn er jemanden zum Reden findet. Normalerweise nehme ich mir diese Zeit auch gerne, heute reduziere ich es jedoch auf ein »Guten Morgen« und greife nach dem Türgriff.

»Heather, Heather, warte mal.« Seine faltige Hand legt sich auf mein Handgelenk und ich drehe mich zu ihm. »Da draußen, genau gegenüber, steht ein schwarzer Wagen mit zwei Männern drin.«

Ich sehe verwirrt von der Tür zu Amber und wieder zu Mister Smith. »Da draußen stehen jeden Tag unzählige Autos, Mister Smith.« Ich muss lächeln, da er unter einer leichten

Art von Verfolgungswahn leidet. Andauernd begegnen ihm merkwürdige Gestalten, oder es stehen verdächtige Fahrzeuge vor unserem Haus.

Um ihn zu beruhigen, streichle ich ihm über den Arm. »Ich werde aufpassen und das ebenfalls im Auge behalten.«

Er nickt, tätschelt meine Hand, die noch immer auf seinem Arm liegt, und tritt von der Tür zurück, damit Amber und ich rausgehen können.

»Ob wir auch mal so werden? Dass wir den ganzen Tag am Fenster stehen, um irgendwelche scheinbaren Auffälligkeiten festzustellen?«, fragt Amber, als wir auf den Bürgersteig treten, und ich zucke mit den Achseln. Automatisch sehe ich über die Straße auf die gegenüberliegende Seite, wo tatsächlich ein schwarzer Wagen steht. Die Sonnenstrahlen reflektieren in der Fensterscheibe, doch ich glaube, es sitzen zwei Männer darin, die offensichtlich … Pizza essen. Warum sitzt man am helllichten Tag in einem Auto und isst Pizza?

»Heather?« Ich sehe zu Amber, die mich fragend ansieht. »Wollen wir?«

»Ja.« Noch einmal drehe ich mich zu dem Wagen um und folge ihr dann.

Kapitel 20

Cole

»Jetzt noch die Statistik der gelösten Fälle und wir können ins Wochenende gehen«, flötet die Hobbs mit ihrem Blick auf das Tablet vor sich, als würde ihr Lebensinhalt alleine darin bestehen, mich zu Tode zu langweilen. Ich werfe ihr meine Notizen über den Schreibtisch und lasse mich stöhnend gegen die Rückenlehne des Stuhls sinken. Jede Wette, dass sie in weniger als fünf Sekunden wieder ihr Brillengestell nach oben schieben wird? Fünf, vier, drei, na, was habe ich gesagt. Das Teil ist viel zu groß für ihren kleinen Schädel, was die These unterstützt, dass sie es von ihrer Oma geerbt hat. Optisch stammt das Teil aus den Dreißigern.

»Mister McAllister, antworten Sie heute noch auf meine Frage?« Die Hobbs, Verzeihung Miss Hobbs sieht mich mit aufgerissenen Augen an, was durch ihre lupendicken Brillengläser irgendwie gruselig aussieht.

»Was soll *das* hier heißen?« Sie deutet mit ihrem knöcherigen Finger auf ein Wort und kräuselt ihre schmalen Lippen, so wie sie es andauernd macht, wenn sie hier ist. Um den

Rand ihres rot bemalten Mundes bilden sich lauter kleine Fältchen, weil sie den ganzen verdammten Tag so verbittert rumrennt. Mit ihrem strengen Dutt und dem mausgrauen Hosenanzug wirkt sie auch eher wie die ausgetrocknete Chefin einer Klosterschule auf mich und nicht wie eine vierzigjährige Frau.

Rot bemalte Lippen schieben sich vor mein inneres Auge und das inzwischen bekannte Gefühl der Übelkeit steigt in mir auf. Ich schlucke hart, um mich wieder auf das Hier und Jetzt zu konzentrieren, und antworte der Hobbs: »Erledigt.«

»Wie erledigt?«, fragt sie dusselig und schüttelt ihren Kopf, um die Verwirrung zu unterstützen.

»Na, da steht erledigt.«

»Hmm.« Und wieder das Gestell die Nase hochschieben, ihre Gesellschaft hat wahrhafte Komaqualität. Mit einem lauten Rumsen befördere ich meine Füße auf die linke Ecke des Schreibtisches, was sie erschrocken hochsehen lässt.

»Mister McAllister, ich muss doch sehr bitten. Muss es denn wirklich sein, dass Sie alle hier sich immer benehmen wie Steinzeitmenschen?« Sie zeigt mit ihrem Daumen über die Schulter zu den Jungs.

»Wie bitte?«, blaffe ich sie über den Tisch hinweg an und

reiße die Füße vom Tisch, während sie erneut zusammenzuckt.

»Ich meine nur …«

»Ihre Meinung interessiert mich nicht. Sie sind hier in meiner Abteilung, in der keiner von uns in den letzten sechsunddreißig Stunden ein Bett gesehen hat. Glauben Sie, ich finde es prickelnd, mich jede Woche aufs Neue von Ihnen langweilen zu lassen? Zudem sage ich Ihnen ja auch nicht, dass Sie mal wieder einen zwischen die Schenkel brauchen, der Ihnen den megamäßigen Stock aus dem Arsch vögelt.«

»Also …« Sie springt auf, rafft ihre Sachen zusammen, während sie hyperventilierend nach Luft schnappt, und reißt die Bürotür des Lieutenants auf, in dem wir gerade sitzen.

»Ach und Miss Hobbs.«

Sie dreht sich noch einmal um, vermutlich, um mir die letztmalige Chance zu geben, mich zu entschuldigen, bevor sie zum Chief geht.

»Schmeißen Sie die Brille weg, sonst wird das mit dem Schenkelspreizer nichts.« Okay, das war möglicherweise ein bisschen zu arschig, andererseits fühle ich mich dadurch für hoffentlich fünf Minuten ansatzweise zufrieden. Ich lasse mich wieder in den Stuhl zurückfallen und lege meine Füße erneut auf den Schreibtisch. Keine Minute später kommt Sam ins

Büro und wirft sich mit einer Packung Donuts längs auf die kleine Couch, die direkt daneben steht.

»Was hast du denn mit Hobbs gemacht?«

»Nicht das, was sie mal nötig hätte«, gebe ich zurück und nehme einen der Donuts, die er mir herüberreicht.

»Wie gehts dir?«

Gute Frage, wie gehts mir? Bisher habe ich es so gut wie möglich vermieden, darüber nachzudenken. Beschissen wäre wohl geprahlt. Wie Heather mich angesehen hat, nachdem ich den Schlüssel auf die Kommode gelegt habe, als könnte sie das alles nicht verstehen. Wie sollte sie auch?

Keine Ahnung, wie lange ich vor ihrem Apartmenthaus im Auto gesessen und geheult habe wie ein kleiner Junge. Ja, ich habe geheult und ich kann mich wirklich nicht erinnern, wann mir so etwas das letzte Mal passiert ist. Sie hat sogar für mich gekocht, obwohl sie es überhaupt nicht kann. Was hätte ich darum gegeben, die vermutlich Brechreiz auslösende Lasagne zu essen.

»Ihr sollt für heute nach Hause gehen, Befehl von oben«, trompetet Oli ins Büro und reißt mich damit aus den Gedanken.

»Was ist mit den Ergebnissen der KTU?«, frage ich, darum sitze ich mir hier schließlich den Arsch platt, anstatt umzufallen und gleich einzuschlafen. Inzwischen bin ich so müde, dass ich an einer Wand gelehnt im Stehen pennen könnte.

»Sobald es was Neues gibt, rufen wir euch an.« Oli sieht zu Boden, bevor er wieder zu mir aufblickt. »Die KTU hat nichts gefunden.«

Ein unangenehmes Kribbeln breitet sich in mir aus, durchströmt meine Arme und endet in den Fingerspitzen. Ich balle die Hände zu Fäusten und sehe auf den Schreibtisch, den ich jetzt am liebsten in seine Einzelteile verarbeiten möchte. Mir wird schwindelig und ich habe das Gefühl, nicht genug Luft zu bekommen, obwohl ich regelmäßig atme. Ich will schreien, irgendwas tun, nur nicht mehr untätig hier rumsitzen und darauf warten, dass dieser beschissene Wichser wieder in Aktion tritt und uns wie die Idioten dastehen lässt.

»Cole.« Ich sehe zu Sam auf, der sich vor mich hingestellt hat. »Los, wir gehen noch einen Kaffee trinken und dann hauen wir uns hin.«

Es ist, als würde ich in einer Ecke des Zimmers stehen und mir selbst dabei zusehen, wie ich nicke, die Schlüssel nehme und Seite an Seite mit Sam aus dem Dezernat gehe. Er besorgt uns einen Kaffee an der Bude, die vor dem Dezernat steht, und reicht mir einen der Becher. Minutenlang stehen wir schweigend da und hören dem Gelaber der anderen Kollegen zu, die hier ihre Pause machen, bis Sam das Schweigen zwischen uns bricht: »Du siehst ziemlich Scheiße aus. War deine Reaktion vielleicht ein bisschen drüber?«

Ich sehe Sam an, sage aber kein Wort. War meine Reaktion übereilt? Ja, möglicherweise.

Da ich nicht antworte, spricht er weiter.

»Vielleicht hätte es auch gereicht, wenn ihr …«

»Ich muss jetzt ins Bett«, unterbreche ich ihn, um mir nicht anhören zu müssen, was er für besser hält. Ich habe richtig entschieden. »Wir sehen uns und danke für den Kaffee.« Dabei hebe ich den Becher in seine Richtung und gehe zu meinem Wagen.

Zwanzig Minuten später erreiche ich meine Wohnung und gehe geradewegs nach oben ins Schlafzimmer. Mein Blick fällt auf die oberste Schublade der Kommode. Vor einigen Tagen habe ich sie für Heather freigeräumt, damit sie immer ein paar Sachen hier bei mir hat. Und jetzt …

Noch vollständig bekleidet lasse ich mich auf das Bett fallen und schließe die Augen, ich bin so unglaublich müde. Das Letzte, an das ich denke, ist Heathers Lächeln, als ich ihr sagte, dass ich sie liebe.

***

»Hey, ist Mason da?«, frage ich Amber, die abfällig mein Shirt und die Laufshorts mustert, bevor ihr Blick wieder in meinem Gesicht landet.

»Ach, sieh mal an. Der coole Cole geht schick 'ne Runde joggen, während für Heather eine kleine Welt zusammenbricht.«

Reflexartig möchte ich zusammenzucken, kämpfe aber dagegen an. Jetzt mit Amber zu diskutieren, hat keinen Sinn. »Ist Mason da oder nicht?«

»Kannst du mir mal sagen, was für eine schwachsinnige Aktion das is…«

»Das geht dich einen verdammten Scheißdreck an«, platzt es laut aus mir heraus. Unsicher fahre ich mir mit der Hand durch die Haare und lasse sie im Nacken liegen. So sehr Amber und ich auch oftmals in Streit geraten, habe ich sie noch nie so angefahren. »Tut mir leid, ich …«

»Hey.« Mason erscheint hinter ihr und sein Blick pendelt zwischen Amber und mir hin und her. »Alles klar?«

»Ich wollte zum Fitness, kommst du mit?«, frage ich und halte meine Sporttasche hoch.

»Klar, gib mir fünf Minuten.« Damit verschwindet er wieder und ich stehe schweigend vor Amber. Sie fixiert mich weiter mit ihren Blicken, verschränkt die Arme und scheint auf irgendeine Reaktion von mir zu hoffen. Aber was soll ich sagen? Dass ich nervlich langsam am Ende bin?

»Okay, du Schmalspur-Rambo. Du magst Heather glaubhaft verkauft haben, dass es das für dich gewesen ist, aber ich glaube dir kein Wort.«

»So, wir können los.« Mason gibt Amber einen Kuss und läuft an mir vorbei die Treppe herunter. Ich sehe sie noch kurz an und will irgendwas sagen, weiß aber beim besten Willen nicht, was. Tausende von Worten tummeln sich in meinem Kopf, der trotz sechs Stunden Schlaf noch immer wie vernebelt ist, aber ich bekomme keinen vollständigen Satz zusammen.

»Kommst du jetzt oder was?«, ruft Mason vom Bürgersteig aus, sodass ich mich wortlos umdrehe und zu ihm gehe.

Der Fußmarsch zum Fitnessstudio verläuft schweigend, keiner von uns sagt ein Wort und ich bin froh darüber. Als wir endlich da sind, nehme ich meine Trinkflasche, das Handtuch sowie den MP3-Player aus der Tasche und gehe zu den Laufbändern, die vor einer großen Fensterfront aufgereiht sind. Mason steigt auf das letzte freie Band neben mir, doch bevor er etwas sagen kann, stecke ich demonstrativ die Kopfhörer in die Ohren und laufe los. Alles, was ich will, ist, den Kopf freizubekommen und nachher wieder so kaputt zu sein, dass ich ohne viele Gedanken erneut einschlafen kann.

Keine Ahnung, wie lange ich schon auf dem Band stehe und das Tempo nach und nach steigere, doch obwohl ich regelmäßig laufe, fangen meine Waden und Oberschenkel langsam an zu brennen. Ein ekelhafter Schmerz, den ich willkommen heiße, weil er den anderen inneren Schmerz zugegebenermaßen nicht vollkommen ausblendet, ihn aber zumindest abmildert. Alle paar Sekunden wische ich mir den Schweiß, der mir aus jeder einzelnen Pore des Körpers läuft, von den Augen. Meine Lunge fühlt sich an, als würde sie gleich platzen, aber ich renne weiter. Inzwischen spüre ich meine zitternden Beine kaum noch, als mir ein Kopfhörer aus dem Ohr gezogen wird.

»Es reicht jetzt!« Mason steht neben mir, drückt das Laufband aus, sodass es an Tempo verliert, und sieht mich an. Diesen Blick hat er nicht oft, doch wenn, dann duldet er keinen Widerspruch. Als ich zum Stehen komme, zittern meine Beine so stark, dass ich mich am Griff festhalten muss, um mich unten auf das Band setzen zu können. Als ich eben noch dachte, bereits stark zu schwitzen, hatte ich keine Ahnung, welche Sturzbäche aus mir rauskommen können. Mason reicht mir ein großes Glas Wasser, das ich in einem Zug austrinke und es ihm zurückgebe, damit er mir noch eins gibt. Meine Flasche muss ich im Lauf-Wahn unbewusst ausgetrunken haben.

Noch ein wenig benommen sehe ich mich um, doch es ist keiner mehr da. Wie lange stand ich auf diesem Teil? Mason kommt mit einer Flasche Wasser zurück. »Kannst du laufen?«

»Hast du doch eben gesehen oder nicht«, versuche ich zu witzeln, sehe aber an seinem Gesichtsausdruck, dass es mir nicht wirklich gut gelingt.

»Wir gehen sofort zu dir und dann scheißt du auf die Schweigepflicht. Du erzählst mir alles. Ist das klar?!«

Kapitel 21

Heather

Vor genau einer Woche stand ich um diese Uhrzeit in der Küche und habe Gemüse klein geschnippelt. Ich habe mich darauf gefreut, dass Cole am späten Nachmittag nach Hause kommt und wir den Abend vorm Fernseher ausklingen lassen oder im Garten mit den Jungs oder was auch immer. Alles, was ich mir vorgestellt habe, kam nicht im Ansatz an das heran, was dann tatsächlich passiert ist.

Und was mache ich heute? Ich sitze an einem Samstagnachmittag in der Firma und arbeite Bewertungsgespräche für die Angestellten aus, nur damit ich nicht zu Hause sein muss. Genauso wie ich jeden Abend bis mindestens neun Uhr gearbeitet habe, nur um nicht in meine leere Wohnung zurückzumüssen. Wobei das objektiv betrachtet totaler Irrsinn ist. Die Wohnung ist nicht anders als vor Cole und doch kommt sie mir inzwischen viel zu groß vor.

Genauso hatte ich vor Cole oft die gleichen Arbeitszeiten, wie ich sie mir jetzt freiwillig aufbürde, und dabei mochte ich es doch, als da durch ihn plötzlich etwas – jemand – mehr Priorität hatte.

Das Bürotelefon klingelt und ich schrecke auf, da es am Wochenende eigentlich nie einen Ton von sich gibt. Auf der gesamten Etage, auf der unter der Woche reges Treiben herrscht, ist es totenstill, weil außer mir keiner so durchgeknallt ist und seinen freien Tag hier verbringt. Beinahe etwas unheimlich, wenn hin und wieder mal ein Faxgerät anspringt.

Skeptisch nehme ich den Hörer ab und halte ihn mir ans Ohr. »Ja?«

»Das ist nicht wahr, oder?« Lilly, die hat mir gerade noch gefehlt. »Amber hat noch gescherzt, dass du bei der Arbeit bist. Was machst du da?«

»Arbeiten?« Müde lehne ich mich in meinem Stuhl zurück.

»Wir wollten dich zum Kaffee abholen und stehen in diesem Moment vor deiner Wohnung.«

»Tut mir leid, ich hab noch einiges …«

»In einer halben Stunde im *Peaches*, keine Widerrede.« Noch bevor ich etwas erwidern kann, raschelt es in der Leitung.

»Lilly?« Aufgelegt.

Wie hypnotisiert sehe ich von dem höhnisch blinkenden Cursor des Bildschirms auf die Uhr oben rechts. Ich habe in drei Stunden sagenhafte vierunddreißig Worte geschafft, das ist ein neuer Rekord meiner Misserfolge. Vielleicht macht es wirklich wenig Sinn, weiter auf die Anzeige zu starren und auf Antworten zu warten, die ich doch nicht bekommen werde. Kurzerhand lasse ich den Computer runterfahren, nehme meine Tasche und mache mich auf den Weg zum Auto. Unterwegs mache ich noch einen Zwischenstopp am Kaffeeautomaten.

Vor dem Gebäude steht Paul, einer der Securitys, und lächelt mich schon von Weitem an, als er den Becher in meiner Hand sieht. Mit wenigen Schritten überbrückt der knapp zweiter Meter große Hüne die Distanz zwischen uns und ich reiche ihm den Kaffee.

»Was würde ich nur ohne dich tun?«

»Du würdest den Kaffee von einer anderen bekommen«, antworte ich lachend und er zwinkert mir über den Rand des Bechers zu. Paul ist das, was man allgemein als attraktiv beschreiben würde. Dunkle Haare, strahlend blaue Augen, immer leicht gebräunt und, nach dem zu beurteilen, was ich sehen kann, auch relativ gut in Form. Würde da nicht immer diese leichte Alkoholfahne um ihn herumwehen … aber nun gut. Da er zu einer externen Securityfirma gehört und nicht zur *Campell Group* direkt, versuche ich, das zu übersehen oder besser gesagt zu überriechen.

»Kennst du die Typen in dem dunklen Wagen da?«

Ich folge seinem ausgestreckten Finger und sehe ein dunkles Auto, das dem ähnelt, welches letzte Woche vor meinem Wohnhaus stand. Ich bin mir jedoch ziemlich sicher, dass es andere Männer sind, obwohl ich es auch nicht wirklich ausschließen kann.

Ich schüttle den Kopf und sehe zu Paul hoch. »Nein, wieso?«

»Ach nur so. Sie sind heute kurz nach dir hier aufgetaucht, sind ein paarmal kurz verschwunden und immer wiedergekommen. Ausgestiegen sind sie aber nie. Vielleicht gehören sie zu jemandem aus einer der anderen Etagen.« Er lächelt mir aufmunternd zu und wünscht mir ein schönes Wochenende, ehe er sich auf seine nächste Kontrollrunde begibt.

Auf dem Weg ins *Peaches* fühle ich mich wie in einem schlechten Krimi. Alle paar Sekunden sehe ich in den Rückspiegel und halte nach einem dunklen Wagen Ausschau, der jedoch nie auftaucht. So langsam drehe ich also auch noch durch.

Amber, Lilly und Marissa sitzen schon an unserem Tisch und nehmen mich nacheinander in den Arm. In mir brodeln die Emotionen, ich spüre Trauer und Verzweiflung und es verlangt mir einiges an Selbstbeherrschung ab, vor meinen Freundinnen nicht die Fassung zu verlieren. Am liebsten möchte ich einfach loslassen und dieses Gefühl der andauernden Anspannung, das seit einer Woche in mir tobt, endlich rauslassen. Ich will die Tränen weinen, damit dieser schrecklich schwere Kloß in meinem Hals verschwindet, aber ich verbiete es mir weiterhin.

Jede von uns bestellt sich einen Kaffee, wir reden eine Weile über die Geschehnisse der Woche und kommen dann, wie sollte es auch anders sein, relativ schnell auf Cole und mich zu sprechen. Ich weiß, sie wollen mich trösten und vielleicht auch einfach dazu bringen, dass ich darüber rede, aber das kann ich nicht. Zumindest noch nicht. Wenn ich auch nur an ihn denke, tut es so schrecklich weh, dass ich glaube, keine Luft mehr zu bekommen.

Ich weiß noch genau, wie ich mich fühlte, als er mir sagte, dass er mich liebt. Ich habe ihn so sehr angestrahlt, dass mein Gesicht wehtat, und wollte ihm so vieles sagen. Vor allem, dass ich ihn auch liebe, aber alles, was mir über die Lippen kam, war: »Eintrag ins Merkbuch: Momente, in denen Cole mir die drei magischen Worte sagte – 1.«

Er lachte so herzlich darüber und ich musste ihm erklären,

was es mit meinem *Merkbuch* auf sich hat. Er wollte wissen, wie viele Einträge er darin hat, doch bei der Antwort habe ich geflunkert. Er sollte nicht wissen, wie viele es wirklich sind, und inzwischen ist es sogar noch einer mehr:

Momente, in denen Cole mir das Herz rausgerissen und es in unzählige Stücke zerbrochen hat – 1.

»Heather?« Ich sehe zu Amber auf, die mich liebevoll ansieht und dann weiterspricht. »Mason und Cole waren letzten Sonntag zusammen beim Fitness.«

»Aha.« Was soll ich dazu sagen?

»Als Mason nach Hause kam, hat er mir gesagt, dass es Coles ziemlich schlecht geht, er seine Entscheidung aber verstehen kann.«

Wie bitte? Ich sehe von einer zur anderen und blicke in mitleidige Gesichter. Er kann es verstehen?

»So, kann er das? Na, das ist doch schön. Was hast du erwartet, Amber? Cole könnte Leichen im Keller haben und Mason würde es verstehen. Er könnte …«

»Heather«, unterbricht sie mich barsch. »Du hast es vielleicht überhört, aber Cole geht es nicht besser als dir.«

Ich lache hysterisch auf und denke tatsächlich kurz darüber nach, einfach aufzustehen und zu gehen. »Amber, er hat uns das angetan. Er hat sich von *mir* getrennt, nicht umgekehrt.

Er wollte das mit uns nicht mehr. Soll ich dafür auch noch Verständnis haben? Was macht ihm denn so zu schaffen? Dass er plötzlich kein Bückstück mehr hat und mich nicht so lange behalten hat, bis er ein neues gefunden hat?«

»Es reicht, Heather!«, unterbricht Lilly mich hart und sieht mich mit einer Mischung aus Bedauern und Ärger an. »So hat er dich nie gesehen und das weißt du auch.«

Verdammte Scheiße! Ich schlucke und schlucke, doch der immer größer werdende Kloß scheint soeben geplatzt zu sein. Ich kann nichts mehr sagen, mein Hals wird immer enger. Reflexartig sehe ich nach oben, um die aufkommenden Tränen zu unterdrücken, komme aber nicht mehr dagegen an. Eine Träne nach der anderen läuft mir über die Wangen. Mein Blick ist verschwommen, als Amber aufspringt und mich in ihre Arme nimmt. Ein lautes Schluchzen schüttelt meinen Körper und ich klammere mich haltsuchend an ihr fest. »Es tut so weh.«

»Shht, ich weiß, Süße, das weiß ich doch.« Ihre Hand streichelt monoton über meine Haare, Minuten oder Stunden, ich weiß es nicht. Ich beruhige mich nur langsam, und obwohl keine Tränen mehr kommen, wird mein Körper noch in regelmäßigen Abständen von einem Wimmern geschüttelt. Als ich mich irgendwann von Amber löse, geht es mir tatsächlich besser. Ihr weißes Shirt ist voller Wimperntusche und Lilly reicht mir ein Taschentuch, in das ich ziemlich trompetenmäßig schnäuze. Nun ist es auch schon egal, was die Leute im Café von mir denken.

Nach meinem Ausbruch reden die Mädels nicht mehr von Cole, sondern erzählen witzige Geschichten von der Arbeit. Marissa und Lilly berichten von dem Besuch in der Bar, am Abend von Masons Heiratsantrag. Der Abend, als Cole und ich uns das erste Mal nahe gekommen sind.

Der Gedanke schmerzt, doch ich kann auch ab und zu lachen, bis wir uns eine Stunde später verabschieden. Amber kommt noch mit zu meinem Wagen und nimmt mich fest in die Arme.

»Wie gehts dir? Ich kann auch über Nacht mit zu dir kommen, wir setzen uns vor den Fernseher und stopfen eimerweise Eis in uns rein.«

Ich lächle und schüttle den Kopf. »Ich komm schon klar.«

»Dann komme ich gleich morgen früh zum Frühstück«, sie stockt und sieht mich verwundert an. »Alles okay?«

Skeptisch sehe ich über den Parkplatz. »Dieser dunkle Wagen da hinten, der stand vorhin noch bei der Firma.«

Amber folgt meinem Blick und lacht. »Alles klar, du hast wohl zu oft mit deinem Nachbarn geklönt.«

»Nein, ernsthaft.« Ohne lange nachzudenken, gehe ich auf das Auto zu, wobei meine Schritte immer stürmischer werden, was mit den High Heels zugegebenermaßen nicht wirklich schnell ist. Der Typ vom Beifahrersitz drischt dem Typen hinterm Steuer auf den Arm und zeigt auf mich, was mein Herz schlagartig schneller schlagen lässt. Der Fahrer sieht mich panisch an, startet den Wagen und fährt mit quietschenden Reifen los. Mit offenem Mund starre ich ihnen hinterher, komme aber erst darauf, mir das Kennzeichen zu merken, als sie schon aus meinem Sichtfeld verschwunden sind. Mit offen stehendem Mund drehe ich mich zu Amber um, die mich ebenso verblüfft ansieht wie ich sie. Zumindest lacht sie mich nun nicht mehr aus.

Kapitel 22

Cole

»Seid ihr wirklich solche Idioten oder wollt ihr mich verarschen?« Fassungslos sehe ich von Connor zu Evan und reibe mir mit beiden Händen übers Gesicht. »Sind Owen und Luke vor Ort?«

»Ja«, brummelt Connor, sodass ich ihn kaum verstehen kann.

»Wie bitte?«

»Ja, sind sie.«

»Nächstes Mal heuere ich welche von der Polizeischule an, die sind fähiger als ihr. Sich von einer Frau erwischen zu lassen. Der Sinn und Zweck war es, eben nicht gesehen zu werden.«

»Cole, ich glaube, sie haben es verstanden«, spricht Sam mich von der Seite an und ich lasse mich in einen der Besuchersessel des Großraumbüros fallen.

»Nehmt euch ein anderes Auto, wenn ihr die beiden wieder ablöst.« Ohne ein weiteres Wort wenden sie sich zum Gehen ab und ich brülle ihnen hinterher: »Fresst nächstes Mal ein bisschen weniger Pizza und macht stattdessen euren beschissenen Job.«

Sam setzt sich neben mich. »Meinst du, sie hat eine Ahnung, wer die beiden waren?«

Resigniert sehe ich ihn an und schüttle den Kopf. »Ich glaub nicht, nein.« Fast muss ich lächeln. Das ist Heather. Jede andere hätte vielleicht die Polizei gerufen oder wäre schnell ins Auto gesprungen und nach Hause gefahren, aber nicht sie. Sie geht auf Konfrontation. Eine Eigenschaft an ihr, die ich so liebe und die mir gleichzeitig solche Sorgen macht.

***

Zum ich weiß nicht wievielten Mal heute gehe ich in den Besprechungsraum, stelle mich vor die Staffelei und starre die Bilder darauf an.

Den Bildern von Sam und mir folgten in kurzen Abständen weitere, die jeweils einen anderen aus dem Team zeigen. Um ehrlich zu sein, habe ich das Ganze inzwischen als lächerlich angesehen. Irgendein perverser Psychopath, der Frauen umbringt und sich Aufmerksamkeit dadurch erhofft, dass er ein paar dämliche Bilder ins Dezernat schickt. Wirkten diese am Anfang noch bedrohlich, war es zum Schluss nur noch ein

»Ach, schon wieder ein Foto«. Bis zu diesem hier. Ich nehme eine der Aufnahmen, die in einer Klarsichthülle steckt, von der Staffelei und denke an den Tag, als es hier ankam.

Mir ist bewusst, wie blöd ich aussehe, während ich dümmlich grinsend eine Nachricht an Heather ins Handy tippe. Aber was soll ich machen, ich bin nun mal glücklich.

»Cole, du sollst zum Chief ins Büro kommen.«

Ich sehe zu Sam auf, der am anderen Ende des Büros steht und mit seinem Daumen in Richtung Chefetage zeigt. Schnell drücke ich auf senden und mache mich auf den Weg zu ihm. Erst jetzt fällt mir seine in Falten gelegte Stirn auf.

»Alles klar?«, frage ich Sam, der mir starr in die Augen sieht, aber nicht antwortet, was mir nach all den Jahren zeigt, dass irgendwas ganz und gar nicht klar ist. »Nun sag schon an.«

Er hält mir die Tür des Büros auf, in dem Chief Harris hinter dem Schreibtisch sitzt und nicht weniger ernst zu mir aufsieht. Ich sehe von ihr zu Sam und lache trocken auf, vermutlich um mir selbst zu zeigen, dass es gar nicht so schlimm ist, wie es mein Gefühl mir gerade weismachen will. »Erzählt mir bitte mal einer, was hier los ist?«

Chief Harris steht mit einer Mappe in der Hand auf und geht zu der Sitzecke links von mir, auf die sie sich setzt. »Setz dich.«

Mein Blick sucht den von Sam, der mir jedoch ausweicht. Was verdammte Scheiße ist hier los? »Ich stehe lieber.«

»Setz dich hin, Cole«, sagt Sam von der Seite aus zu mir.

Okay, ganz ruhig, vermutlich verarschen sie mich nur und brechen gleich in wildes Gelächter aus. Tue ich ihnen eben den Gefallen und setze mich hin.

»Wir haben ein neues Foto bekommen«, erklärt Harris in ernstem Ton und jetzt muss ich wirklich lachen. Und daraus machen sie so ein Drama?

»Ach, tatsächlich, was ist es denn diesmal? Hat er nicht mittlerweile jedem von uns eins geschickt?«

Der Chief sieht zu Sam hoch, der inzwischen direkt hinter mir steht, und schiebt die Mappe über den Tisch zu mir. Herrje, was ist denn das hier für ein Theater? Überschwänglich schlage ich die Mappe auf und erstarre auf der Stelle. Mein Herz bleibt kurz stehen, bevor es in rasendem Tempo weiterschlägt und mir kalter Schweiß ausbricht.

»Nein«, flüstere ich zu mir selbst und schüttle ununterbrochen den Kopf. Mein Blick verschwimmt und das Rauschen in meinem Schädel wird so laut, dass ich um mich herum kaum noch etwas wahrnehme.

»Cole«, irgendjemand, ich weiß nicht wer, spricht mich an und

berührt mich an der Schulter. »Das bedeutet noch gar nichts, wir geben es erst mal zur KTU.«

Die dann doch wieder nichts findet.

»Bleib jetzt ganz ruhig, Cole, dreh bloß nicht durch.« Wieder weiß ich nicht, wer da spricht, alles scheint meilenweit weg zu sein. Stattdessen jagt mir eine Erinnerung nach der anderen durch den Kopf, Heather in ihrem weißen Kleid am Strand, wir das erste Mal zusammen in ihrem Bett, ihr Schnarchen und das warme Gefühl ihres Körpers neben meinem. Dieser verschlafene Blick heute Morgen, als ich mich von ihr verabschiedet habe, der Klang ihres Lachens und wie es sich anfühlt, wenn sie mir von ihrer Zukunft erzählt, in der ich eine Rolle spielen soll.

»Ich dreh nicht durch«, sage ich in den Redeschwall hinein, der von beiden Seiten auf mich einprasselt. Mein Blick klärt sich und ich erkenne sie wieder. Ich kann es mir im Moment nicht leisten, durchzudrehen, stattdessen muss ich überlegen, wie es weitergehen soll.

»Wir kriegen ihn – bestimmt«, versucht Sam, mir Mut zu machen, und klopft mir auf die Schulter.

Stirnrunzelnd nicke ich und sehe wieder auf das Foto. »Wenn er ihr auch nur ein Haar krümmt, dann bringe ich ihn um.«

Kopfschüttelnd komme ich wieder ins Hier und Jetzt und

sehe noch immer auf das Bild. Es muss einen Tag, bevor das Bild hier eingetroffen ist, geschossen worden sein. Heather und ich waren zusammen einkaufen und ich habe sie genötigt, sich in den Einkaufswagen zu setzen. Sie hat so gelacht, dass sie dabei Angst hatte, sich in die Hosen zu machen.

Ich drehe die Tüte um und lese den kurzen Text auf der Rückseite des Bildes. *Süß Ihre Kleine, Sergeant McAllister. Blond ist zwar nicht mein Typ, aber …*

Ich beiße die Kiefer zusammen, um mich unter Kontrolle zu bringen und nicht die beschissene Staffelei durchs Zimmer zu schmeißen. Das Gefühl, rein gar nichts tun zu können, als einfach nur abzuwarten, macht mich wahnsinnig. Wer auch immer dieser Kerl ist, er weiß, wie er keine Spuren hinterlässt. Keine Fasern, keine DNA, keine Fingerabdrücke oder auch nur etwas im Entferntesten Brauchbares. Fast könnte man auf den Gedanken kommen, es wäre jemand aus unseren Reihen … Mein Handy klingelt und ich fische es aus der Hose. »Ja.«

»Cole, hier ist Owen. Vielleicht reagieren wir über, aber hier stand heute Mittag ein blauer Chevrolet Blazer, altes Modell. Ich würde mir gar nichts dabei denken, wenn er nicht inzwischen schon zum dritten Mal hier stünde.«

Genervt kneife ich mir in die Nasenwurzel und schließe die

Augen. »Owen, das ist eine Wohngegend, da fahren die Autos eben mal weg und kommen wieder.«

»Stimmt schon, aber dann müsste auch irgendwann mal einer aus dem Wagen aussteigen, oder?«

Mein Herz überschlägt sich und ich renne durchs Büro Richtung Ausgang, wobei ich Sam zuwinke. »Hast du das Kennzeichen abgefragt?«

»Ähm, nein noch nicht.«

Was für einen Tag haben wir heute? Sonntag, sie hat heute frei. »Seid ihr bei ihr zu Hause?«

»Ja.«

»Kümmere dich ums Kennzeichen, wir kommen hin.«

»Was ist los?«, will Sam wissen, läuft neben mir und schnaubt dabei wie ein Flusspferd, in seiner Hand hält er ein Fischbrötchen. Warum frisst er eigentlich den ganzen Tag?

»Owen glaubt, dass er was gesehen hat. Lass uns eben hinfahren.«

Eine Dreiviertelstunde später kommen wir vor Heathers Wohnhaus an, parken in einiger Entfernung zu Owens Wagen und gehen die paar Meter zu ihm. Sofort fällt mir der alte SUV mit den schwarz getönten Scheiben auf. Ich klopfe barsch gegen Owens Wagenscheibe, woraufhin er und Luke zusammenzucken. Da haben sie auch wirklich die größten

Helden hergeschickt, die sie finden konnten. Fast wünsche ich mir die Begriffslegastheniker Connor und Evan wieder zurück. Luke lässt die Seitenscheibe herunter.

»Ist da mal was passiert, wisst ihr, wie viele drin sitzen oder ist einer ausgestiegen?« Beide schütteln den Kopf. »Auf wen ist der Wagen zugelassen?«

Owen nimmt einen Zettel vom Armaturenbrett und liest davon ab. »Daniel Smith, geboren am fünften April 1993. Keine Vorstrafen, wohnt in der achtzigsten Straße.« Er sieht zu mir auf. »Das ist fünf Blocks von hier.«

Ich fahre mir mit den Fingern über die Stirn, irgendwas stimmt hier nicht. Das wäre viel zu einfach, warum sollte er jetzt hier stehen und auf uns warten. »Ich geh rüber.«

»Was?« Sam taucht eilig neben mir auf. »Die Verstärkung steht in den Startlöchern, wir müssen sie nur anrufen und sie sind in wenigen Minuten vor Ort.«

»Sam, du glaubst doch nicht im Ernst, dass der Kerl, den wir suchen, in dem Wagen da sitzt?« Er sieht mich an, als würde er es zumindest in Erwägung ziehen, sodass ich weiterspreche. »Er ist uns seit Wochen immer einen Schritt voraus, dann macht er es uns plötzlich so leicht? Selbst Heather hat die Flitzpiepen von Kollegen bemerkt und er nicht?«

Als wir fast hinter dem Wagen sind, lege ich meine Hand

an die Waffe. Sam schüttelt den Kopf, was bedeutet, er kann im Rückspiegel niemanden auf dem Beifahrersitz ausmachen. Ich sehe in den Spiegel auf der Fahrerseite und erkenne einen Typen, der mit seinem Handy spielt. Vom Alter her könnte es durchaus auf die Personenbeschreibung des Fahrzeughalters passen. Ich halte eine Hand hoch, damit Sam wartet, bis die vorbeifahrenden Autos weg sind und zucke dann mit dem Kopf in Richtung Wagen, an dem wir synchron an den Außenseiten entlanggehen. Okay, noch einmal durchatmen. Ich ziehe meine Pistole und dann geht alles blitzschnell.

Ich positioniere mich direkt neben dem Fahrer und halte ihm die Waffe vors Gesicht, aus dem mich panisch blickende Augen ansehen. Gleichzeitig zieht Sam die Beifahrertür auf und der Schnösel reißt seine Arme hoch, wobei ihm das Handy aus der Hand in den Fußraum fällt.

»Polizei! Hände aufs Lenkrad«, belle ich ihn an und weiß im gleichen Moment, dass er nicht unser Mann ist. »Wie heißt du?«

»Daniel Smith, Sir«, stammelt er mit Tränen in den Augen.

»Ist das dein Wagen?«, kommt es von Sam, woraufhin er nickt.

»Steig aus!«, herrsche ich ihn an, trete ein Stück zurück auf die Straße und er springt sofort aus dem Wagen. Ohne ein weiteres Wort von uns stellt er sich breitbeinig, mit hinter dem Kopf gefalteten Händen gegen das Auto. Ich kann mir ein Lachen nicht verkneifen und sehe über das Autodach zu Sam. »Wohl zu viel Fernsehen geguckt, was?« Inzwischen fühle ich mich in meiner Vermutung bestärkt – er ist ganz sicher nicht der, den wir suchen. Oder aber er ist der beste Schauspieler auf dieser verdammten Welt.

»Wie bitte?«, fiepst Daniel weiter.

Sam kommt um den Wagen rum, wobei er Owen und Luke ein Zeichen gibt, dass alles in Ordnung ist. Ich stecke unterdessen meine Waffe weg, taste Daniel ab und drehe ihn zu mir herum.

»Du warst heute Mittag schon mal hier. Warum?«

»Ich hab hier vor ein paar Tagen Einkäufe abgeliefert, die ich für meine Oma mache. Sie wohnt da drüben.« Er zeigt auf eins der Mehrfamilienhäuser. »Dann war da so ein Typ und hat mir Geld geboten, wenn ich heute herkomme und dem Wagen da hinten folge, egal, wo er hinfährt. Zwischendurch sollte ich mal um den Block fahren und mich wieder so hinstellen, dass ich den Wagen im Blick hab.« Auch ohne seinen Fingern zu folgen, weiß ich, dass er zu Owen und Evan zeigt.

»Und da hast du dich nicht gefragt, wieso du das machen sollst?«, mischt sich Sam ein.

»Er hat mir fünfhundert Dollar gegeben«, antwortet er so verblüfft, als ob das alles erklären würde.

Hart schluckend sehe ich zu Sam und spüre förmlich, wie ich alles an Gesichtsfarbe verliere. »Hat er seinen Namen gesagt?«

»Ich weiß nicht mehr genau … John Don … Donahue …«

»John Doe?«, unterbricht Sam ihn und Daniel nickt zustimmend.

»Ja, genau.«

Kapitel 23

Cole

Scheiße, ich bekomme keine Luft mehr und lasse den Jungen los, um tief einzuatmen.

»John Doe nennen wir nicht identifizierbare Personen – tote Personen«, lasse ich ihn wissen und gehe zu Owen und Luke rüber. Luke schicke ich zu Sam, damit sie Daniel zur Zeugenaussage mit ins Dezernat nehmen. In wie vielen Lehrgängen wurde uns etwas über Panikattacken und den ganzen Scheiß erzählt und ich habe nie richtig zugehört. Schließlich passiert mir so was doch nicht, ich bin doch der Macker überhaupt. Tief ein- und ausatmend stütze ich mich am Wagendach ab, jetzt bloß nicht durchdrehen. Das komische Gefühl in meiner Magengegend wird stärker, Gott sei Dank weiß ich, dass Heather in Sicherheit ist … Plötzlich überkommt es mich heftig. »Heather ist in ihrer Wohnung oder?«

Owen steigt aus dem Wagen und nickt. »Ja, wir waren den ganzen Tag hier«, kommt es zögerlich, er errötet dabei leicht und vermeidet es, mir in die Augen zu sehen.

»Was?« Ich stoße mich vom Wagen ab. »Verdammte Scheiße, was ist?«

»Wir waren nur ganz kurz zur Tankstelle und haben uns einen Kaffee …«, stottert der dann.

»Fuck.« Wütend schlage ich aufs Autodach, wobei eine riesige Delle entsteht, und laufe zur Haustür rüber. Wie ein Besessener drücke ich auf die Klingel, zweimal, dreimal, nehme den Finger gar nicht mehr vom Knopf. Bitte, ich flehe dich an, mach die verfickte Tür auf.

Nach einer gefühlten Ewigkeit öffnet sie sich und der Bewohner aus dem Erdgeschoss steht in der Tür. Eilig laufe ich an ihm vorbei und mache mich bereit, die Treppen hochzulaufen.

»Heather ist nicht da.«

»Was?« Natürlich habe ich ihn verstanden, aber ich will, dass ich mich verhört habe.

»Heather ist vor einer Stunde weggefahren«, bestätigt er meine schlimmsten Befürchtungen.

»Wohin?«

Er zuckt mit den Schultern und ich laufe ohne ein weiteres Wort wieder nach draußen, wo Daniel gerade ins Polizeiauto gesetzt wird. Zeitgleich gehe ich mit zitternden Fingern die Kontakte meines Handys durch und tippe natürlich auf den falschen. Scheiße, Scheiße. Am liebsten würde ich das verdammte Ding auf dem Boden zertrümmern. Schnell suche ich erneut nach dem richtigen Eintrag, halte mir das Telefon ans Ohr und warte. Das Klingeln dröhnt mir in den Ohren, bis die Mailbox rangeht. Ich wiederhole das Ganze, lande aber wie vorher in der Mailbox. Schnell wähle ich einen anderen Kontakt aus und höre nach dem zweiten Freizeichen das Klicken in der Leitung.

»Ist Heather bei dir?«

»Warum sollte ich dir das sagen, hmm.«

»Amber, bitte, sag es mir einfach.« Stille in der Leitung. Entweder ich höre mich so erbärmlich an oder sie ist heute mal menschlich.

»Sie ist nicht hier, ich weiß nicht, wo sie ist. Ist was passiert?«

»Versuch, sie zu erreichen, und ruf mich sofort zurück, sobald du weißt, wo sie ist.« Ich lege auf und laufe zu meinem Wagen hinüber. Denk nach, wo könnte sie sein? Es ist Sonntag, sie ist nicht bei Amber und wenn sie sich fühlt wie du, dann will sie sich ablenken.

»Funk das Dezernat an, die sollen Verstärkung schicken und die *Campell Group* in der Lexington Ave umstellen.« Ich springe ins Auto, warte kurz, bis Sam sitzt, und fahre mit noch geöffneter Beifahrertür los.

»Cole, meinst du nicht, das ist etwas vorschnell. Woher willst du wissen …«

»Mach, was ich dir sage, verdammt, das ist ein Befehl.«

Ich spüre Sams erschrockenen Blick auf mir und ich selbst könnte mir vor die Füße kotzen, dass ich die Rangordnung ausnutze, aber ich weiß einfach, dass es richtig ist. Sam stellt das Blaulicht aufs Dach, funkt das Dezernat an, während wir durch die Straßen jagen, und doch sind mir dreizehn Meilen noch nie so lang vorgekommen. Bitte lass mich falsch liegen.

Kurz bevor wir bei der *Campell Group* ankommen, nimmt Sam das Blaulicht wieder in den Wagen und wir kommen mit quietschenden Reifen mitten auf dem Firmenparkplatz zum Stehen.

Heathers Auto steht auf ihrem reservierten Platz und ich muss vor Erleichterung auflachen. Dennoch sind für einen Sonntag ziemlich viele Wagen hier und es würde Stunden dauern, jeden abzulaufen und die Halter abzufragen. Im Gebäude selbst wird keine Gefahr sein, da es einem Hochsicherheitstrakt gleicht, da kommt keiner unkontrolliert rein. Stirnrunzelnd sehe ich mich um und erkenne einen der Sicherheitsleute des Hochhauses, der mir keinen nervösen Eindruck macht. Hab ich mich vielleicht doch geirrt?

Aber warum schickt er dann heute jemanden zu Heathers

Wohnadresse, der uns glauben lassen soll, dass er dort im Wagen sitzt und auf Heather wartet? Zudem konnte er nicht wissen, wann und ob Heather das Haus verlässt, geschweige denn, wo sie hinwollte. Es sei denn ... er war selbst irgendwo in der Nähe und hat es mitbekommen.

Wir steigen aus dem Wagen, ich zücke wieder mein Handy und rufe Heathers Durchwahl in ihrem Büro an.

»Moore.«

Ihre Stimme nach einer Woche wieder zu hören, jagt mir einen kleinen Schauer über den Rücken, was mich kurz die Konzentration verlieren lässt, aber ich fange mich gleich wieder. »Bist du allein im Büro?«

»Wie bitte? Soll das ein Witz sein?«

»Heather, bist du all...«

»Das geht dich einen Scheißdreck an.« Da hat sie auch schon aufgelegt. Sam, der alles mit angehört hat, zieht die Augenbrauen fast bis zum Haaransatz hoch und kann sich das Lachen kaum verkneifen. Wirklich sehr witzig.

»Soll ich Entwarnung geben?«

Vielleicht bin ich auch einfach zu nah am Fall dran und sollte ihn abgeben, offenbar scheine ich nicht mehr objektiv denken zu können. Keine Ahnung, wie viele Streifenpolizisten derzeit weiträumig um dieses Gebäude verteilt sind, aber es werden einige sein. Dazu das halbe Dutzend Polizeiwagen, die den Parkplatz versperren, und die drei, die soeben auf den Parkplatz gerollt kommen. Und das alles für nichts. Dafür wird mich der Chief an meinen nicht mehr vorhandenen Eiern packen.

Zweifelnd nicke ich Sam zu, als dessen Augen groß werden und an mir vorbeisehen. Reflexartig drehe ich mich in Richtung Eingang des Hochhauses und mir fliegt eine knallrote Handtasche um die Ohren.

»Was bildest du dir eigentlich ein, du blödes Arschloch?«

Abwehrend halte ich die Hände über den Kopf und bekomme einen Hieb nach dem anderen.

»Du mieser Drecksack!«

Was zum Teufel hat sie da drin?

»Arschloch!«

Okay, ich hab nichts anderes verdient, aber nach dem fünften, oder war es schon der sechste Schlag, greife ich blind nach ihrer Tasche und reiße sie Heather aus der Hand. »Ich habs verstanden.«

»Was willst du hier?«, faucht sie mich an und zerrt die Tasche wieder an sich, wobei sie Sam einen ebenso bösen Blick zuwirft wie mir.

Was soll ich sagen? Dass ich dachte, heute ritterlich ihr Leben zu retten, und danach würde sie mir verzeihen und sich dankbar in meine Arme werfen?

»Ich …« Hilfesuchend sehe ich zu Sam, der so tut, als würde er nur zufällig hier stehen. »Können wir das vielleicht woanders besprechen?«

»Wir haben gar nichts mehr zu besprechen.« Sie will sich gerade an mir vorbeidrängen, als ein Typ zielgerichtet auf uns zusteuert. Grob packe ich Heather am Arm und ziehe sie zurück. »Wer ist das?«

Suchend sieht sie sich um und entreißt mir ihren Arm. »Was ist denn bloß los mit dir, warst du schon immer so gestört?«

»Heather, ist alles in Ordnung?«, spricht er sie an.

Heather? Kennt sie den Karotten-Rambo etwa?

»Ja, alles bestens.« Sie lächelt ihn schmallippig an.

»Paul West, ich bin einer der Securitys des Towers«, stellt er sich vor und reicht mir seine Hand, die ich nur taxiere, aber nicht entgegennehme, was Heather mit wütendem Blick registriert.

Paul West … Hab ich den Namen nicht schon mal irgendwo gehört? Obwohl jeder dritte Idiot – wie dieser – so heißt. Wirklich beeindruckend sieht er in seiner Jeans und dem Shirt auch nicht aus, haben die hier keine Uniform? Und was ist das? Ich atme tief ein. »Ist es im Gebäudeschutz erlaubt, alkoholisiert zur Arbeit zu erscheinen?«

Endlich vergeht ihm das widerliche Grinsen, wenigstens ein Erfolgserlebnis an diesem Scheißtag.

»Ich muss dann.« Er lächelt Heather an, dreht sich um und geht auf das Gebäude zu, während sie in die entgegengesetzte Richtung auf ihren Wagen zugeht. Sam zieht sein Handy aus der Hosentasche, vermutlich, um das Dezernat über den Fehlalarm zu informieren, und ich gehe Heather hinterher. Wie oft bin ich dieser Frau in den letzten Wochen eigentlich hinterhergedackelt?

»Ach, und es hat mich gefreut, Sie endlich persönlich kennenzulernen.« Stutzig drehe ich mich noch mal zu dem Typen um, der mich überheblich ansieht. »Sergeant McAllister.«

Augenblicklich läuft es mir eiskalt den Rücken runter, bevor er sein Shirt anhebt und etwas Schwarzes im Bund seiner Jeans steckt, das in der Sonne reflektiert. Ich sehe zu Heather, die sich ebenfalls noch mal umgedreht hat, laufe auf sie zu und schreie: »Runter!«

Dann geht alles ganz schnell, ein Schuss fällt, Heather schreit und stürzt zu Boden, Sam brüllt irgendwo in der Ferne und ich kann nur an eins denken: Gott, bitte lass ihn nicht getroffen haben.

Kapitel 24

Heather

Mein ganzer Körper zittert, als ich vorsichtig die Arme vom Kopf nehme und aufsehe. Von allen Seiten kommen brüllende Männer angelaufen, irgendwo schreit hysterisch eine Frau, vielleicht sind es auch mehrere und in meinen Ohren pfeift es von dem irrsinnig lauten Knall. Cole steht wenige Meter vor mir, weiter hinter ihm liegen zwei andere Männer und Sam sitzt auf Pauls Rücken. Paul, unser liebster Security, dem ich jeden Tag, wenn er Dienst hatte, einen Kaffee mitgebracht habe.

Cole kommt panisch auf mich zu und zieht mich zu sich hoch. »Gehts dir gut, hast du Schmerzen?«

Noch immer völlig neben mir, sehe ich an mir herunter und taste über meinen Körper, doch da ist nichts und ich schüttle geistesabwesend den Kopf.

An Cole vorbeischauend, registriere ich, wie die beiden anderen Männer Paul Handschellen anlegen und ihm irgendwelche Belehrungen ins Gesicht schreien. Warum hat er das gemacht?

»Wollte … Wollte Paul mich …« Ich kann gar nicht aussprechen, was sich gerade in meinem Kopf zu einer Frage formt. Noch nie habe ich den Schuss einer Waffe gehört. Fragend sehe ich Cole an, der blass geworden ist und immer noch an mir rumfummelt, um irgendwelche Verletzungen zu finden. Ziemlich blass sogar …

»Cole?«

»Hmm.«

»Gehts dir gut?«

Er richtet sich vor mir auf und ich erstarre vor Schreck beim Anblick seines sich rot färbenden Shirts.

»Oh Fuck«, säuselt er und sackt dann zusammen. Ich versuche noch, ihn aufzufangen, was mir aufgrund des Gewichts natürlich nicht gelingt, und schaffe es gerade noch rechtzeitig, seinen Kopf zu halten, bevor er auf dem Asphalt aufschlägt.

»Cole, oh mein Gott …« Vorsichtig lege ich ihn ab und habe keine Ahnung, was ich tun soll. Ich durchforste meine Erinnerungen nach irgendwelchen Schritten, die ich irgendwann einmal im Erste-Hilfe-Kurs gelernt habe, doch mein Kopf ist wie leer gefegt.

»Sam, komm sofort her … Saaam!«, schreie ich so laut wie noch nie im Leben und halte Cole die Ohren zu, weil ich nicht weiß, wohin mit meinen zitternden Händen.

»Scheiße!« Geistesgegenwärtig ruft Sam sofort die Rettung, während ich mich jetzt selbst umarme und vor und zurück wippe. Das ist ein Albtraum, das ist alles nicht echt, wach auf, Heather!

»Leg deine Knie unter ihn.«

Was? Ich sehe zu Sam auf, der Cole an den Schultern angehoben hat.

»Rutsch da hin, damit sein Oberkörper höher liegt.«

Gedankenverloren tue ich, was er sagt, und er legt Cole halb auf meinen Schoß, bevor er zurück zum Wagen läuft. Monoton streiche ich ihm durch seine zerzausten Haare, wie ich es so oft und gern gemacht habe. »Alles wird gut, der kleine Kratzer kann dir gar nichts anhaben.«

Obwohl ich nicht hinsehen will, sehe ich, wie sich der Fleck auf dem Shirt stetig vergrößert, und schließe gequält die Augen. Seine Wärme, die sich auf meinen Beinen ausbreitet, lässt nach und wird klamm – oder feucht? Ich werfe einen Blick seitlich zwischen uns und sehe, dass mein Rock bereits Coles Blut aufgesaugt hat. Oh Gott.

Ohne es kontrollieren zu können, atme ich abgehackt und viel zu schnell – ich ersticke.

»Heather … Heather«, schreit Sam mich an, während er irgendwas auf die Stelle direkt unter Coles Schlüsselbein drückt.

»Reiß dich zusammen! Ganz ruhig Luft holen.« Er zieht die Luft tief durch die Nase ein und presst sie durch den Mund wieder aus, wobei er dusselige Atemgeräusche macht, aber das ist mir momentan egal. Ich konzentriere mich auf ihn und atme gleichmäßig mit ihm, was mich tatsächlich etwas ruhiger werden lässt. Inzwischen haben sich Dutzende Polizisten um uns versammelt, von denen einige telefonieren und manche nur sprachlos zu uns heruntersehen.

»Cole, er blutet mir auf die Beine«, flüstere ich geistesabwesend und Sam streichelt mir über den Arm.

»Der Notarzt wird gleich da sein.« Seine Stimme soll mich wohl davon überzeugen, dass alles in Ordnung ist, aber seine Augen verraten mir etwas anderes. Mein Blick fällt auf seine Hand, die inzwischen auch rot ist und der ekelerregende Geruch nach Eisen steigt mir in die Nase.

Irgendwann höre ich endlich das erlösende Heulen der Sirene. Ich muss hart schlucken, um nicht auf der Stelle in Tränen auszubrechen, und werde nur Sekunden später von Sam an die Seite gezogen, damit der Notarzt seine Arbeit machen kann. Sam erzählt ihnen, was er bisher an Erster Hilfe unternommen hat und dass der Schuss vor acht Minuten gefallen ist. Vor acht Minuten?

Warum habe ich das Gefühl, Stunden dort bei ihm gesessen zu haben?

Sam fasst mich grob mit beiden Händen an den Oberarmen und schüttelt mich, damit ich zu ihm aufsehe. »Ich fahre im Rettungswagen mit. *Du* fährst nicht selbst, klar? Zwei Kollegen werden dich bringen.«

Teilnahmslos nicke ich und folge seinem Blick zu den angesprochenen Kollegen – es sind die beiden Typen vom Parkplatz, die wegfuhren, als ich sie entdeckt hatte. »Warum …« Keine Ahnung, wie ich die Frage formulieren soll oder was genau ich zuerst wissen will, also breche ich die Frage ab, doch Sam versteht mich auch so.

»Ich erkläre dir nachher alles.« Er lächelt mich an, fast so als wären wir Freunde, und nimmt seine Hände von meinen Armen, an denen er rötlich klebende Abdrücke zurücklässt. Ich glaube, ich muss mich übergeben.

»Sam«, rufe ich ihn noch mal zurück. Er steht schon auf der Stufe in den Rettungswagen und dreht sich zu mir um. »Wird Cole …«

Und wieder dieses Lächeln. »Um Cole umzuhauen, braucht es schon etwas mehr als das.« Und dann ist er verschwunden.

***

Keine Stunde später sitzen wir im großen Wartesaal des Hospitals und hoffen darauf, dass uns einer der Ärzte sagt, dass die Operation erfolgreich war und es ihm gut geht. Noch auf dem Weg hierher habe ich Mason und Amber benachrichtigt, die den anderen und Coles Eltern Bescheid gegeben haben. Mason stellt sie mir als Madison und William vor und ich denke wehmütig daran, dass ich mir unser erstes Treffen ein wenig anders vorgestellt habe. Vielleicht mit einem Blumenstrauß in der Hand zu ihnen zum Kaffeetrinken zu kommen.

»Wollen wir ins Bad gehen, damit du dich umziehen kannst?« reißt Amber, die mir Wechselkleidung, Waschlappen und Handtücher mitgebracht hat, mich aus den Gedanken.

Ich starre einen Moment lang darauf und nehme die Sachen dann an mich. »Ich glaub, ich bin lieber kurz allein.« Sie nickt unsicher, lässt mich dann aber ziehen.

Im Waschraum lege ich die frische Kleidung auf dem Waschtisch ab und stütze mich mit meinen Händen auf eben diesem ab. Ohne Regung mustere ich das, was ich im Spiegel erkenne, es ist überall … und plötzlich kann ich sie nicht mehr aufhalten. Die Überforderung der letzten Woche, gepaart mit diesem grausamen Tag: Paul, der offenbar auf mich schießen wollte, Coles Verletzung, das viele Blut und das nervenzehrende Warten auf ein bisschen Hoffnung. Die Tränen laufen mir unaufhörlich über das Gesicht und bündeln sich zu einem Schluchzen, das sich tief in mir aufbaut und meinen Körper beben lässt. Arme drehen mich zur Seite und nur vage kann ich durch den Tränenschleier erkennen, dass Coles Mutter neben mir steht, mich in ihre Arme zieht und mir, ohne ein Wort zu sagen, über den Rücken streichelt. Immer wieder von oben nach unten, langsam und monoton.

Wenn überhaupt möglich, verliere ich die Beherrschung dadurch noch mehr und breche regelrecht zusammen – wenn auch nur innerlich. Ich weine und weine, bis ich irgendwann keine Tränen mehr zu haben scheine. Wann das ist, weiß ich nicht, da ich jegliches Zeitgefühl verloren habe. Madison streicht mir die Haare aus dem Gesicht und sagt mir, ich solle mich ausziehen und mich auf einen der Stühle, die neben dem Waschtisch stehen, setzen. Unterdessen lässt sie Handseife und Wasser in das Waschbecken laufen. Als ich wie ein kleines Mädchen gehorche und mich hinsetze, lächelt sie und fängt an, mich zu waschen.

Die Wärme des Lappens tut gut und doch überzieht mich sofort eine Gänsehaut, als die kühle Luft aus der Klimaanlage die Feuchtigkeit auf meiner Haut trocknet.

Madison scheint ganz in Gedanken versunken zu sein, sodass ich Zeit habe, sie genau ansehen zu können. Sie ist groß für eine Frau, jedoch nicht so riesig, dass es Coles Größe rechtfertigen würde. Das muss er wohl von seinem Vater haben. Dennoch hat Cole viel von ihr, vor allem diese wunderschönen grün-braunen Augen und die dunkle Haarfarbe. Man merkt ihr die Sorge um ihren Sohn an und doch strahlt sie eine Ruhe aus, die sich langsam auf mich überträgt. Es wirkt fast so, als wüsste sie, dass alles gut werden würde.

Sie steht vor mir und wischt das Blut von meinen Beinen, während ich noch nicht einmal etwas gesagt habe. Sofort bekomme ich ein schlechtes Gewissen, weiß aber auch nicht, was ich erzählen soll. Ich denke die ganze Zeit nur an Cole, der noch immer operiert wird.

»Danke«, flüstere ich in die Stille hinein. Sie sieht zu mir auf und wischt mir eine Strähne aus dem Gesicht. »Wie kommt es, dass Sie so … ruhig sind?«

Sie kommt aus der Hocke hoch zum Waschbecken und spült den Lappen aus, wobei das Wasser schon rötlich schimmert. »Das täuscht.« Sie lächelt. »Innerlich möchte ich schreien, aber es würde doch nichts bringen, also versuche ich, es zu akzeptieren. Cole ist wie sein Vater, durch und durch Polizist. Schon als kleiner Junge hat er immer gesagt, dass er einmal die ganz Bösen schnappen wird, und diesen Traum hat er nie aufgegeben. Daran wird auch der heutige Vorfall nichts ändern.

Ich versuche einfach, den positiven Teil in diesem furchtbaren Geschehen zu finden.«

»Und, haben Sie ihn gefunden?«

»Ja, Cole wird es unbeschadet überleben, das ist der positive Teil.« Ich hoffe nur, dass sie recht hat.

Zehn Minuten später kommen wir wieder in den Warteraum, als zeitgleich die gegenüberliegende Tür aufgeht und sich ein Arzt den grünen Mundschutz abzieht. Er sieht suchend in die Runde und fragt dann laut: »Mister und Misses McAllister?«

Coles Eltern treten schnellen Schrittes vor den Arzt und Coles Dad legt den Arm um seine Frau. Alle anderen stehen zeitgleich auf und sehen erwartungsvoll in Richtung Arzt.

»Ich bin Doktor Miller, kommen Sie bitte, in meinem Büro sind wir ungestört.«

»Nein.« Coles Mutter sieht zu uns. »Wir gehören alle zusammen.«

Doktor Miller lächelt und nickt verständnisvoll. »Es geht ihm gut. Sobald die Narkose nachgelassen hat, können Sie zu ihm. Nur nicht alle auf einmal.«

Oh Gott, oh danke. Ich schnappe hektisch nach Luft und stütze mich mit den Händen auf den Knien ab, um nicht umzukippen, als ich schon Amber spüre, die mich in ihre Arme zieht.

»Alles wird gut, Süße.«

»Ja … Ja.« Meine Worte sind eine Mischung aus heulendem Lachen, während der Arzt weiterspricht, was ich nur nebenbei verstehe. Ich schnappe nur auf, dass das Projektil ein glatter Durchschuss gewesen und zu seinem Glück genau zwischen Schulterblatt und Schlüsselbein gelandet sei. Hätte es ihn auch nur ein kleines bisschen weiter unten getroffen, hätte es die Arterie verletzen können. Wie es dann ausgegangen wäre, will ich gar nicht bedenken. Noch nie habe ich mich so erleichtert gefühlt wie in diesem Moment und ich kann nicht anders, als ununterbrochen zu strahlen.

Sam kommt zu mir und umarmt mich so fest, dass mir die Luft wegbleibt. »Hab ichs dir nicht gesagt? So eine Kleinigkeit haut ihn doch nicht um.«

Kapitel 25

Heather

Coles Eltern sind gerade bei ihm und ich laufe nervös vor der Zimmertür auf und ab. Die anderen haben gesagt, ich solle erst einmal alleine zu ihm gehen, und ein großer Teil von mir kann es auch kaum abwarten, ihn endlich zu sehen. Wenn Cole diese Verletzung nicht überlebt hätte, dann wären meine letzten Worte an ihn nicht besonders nett gewesen, und mein Magen zieht sich bei der Erinnerung daran unangenehm zusammen.

»Hast du einen Moment?«

Überrascht drehe ich mich um und erblicke Sam, der mit zwei Bechern Kaffee neben den Besucherstühlen steht. Mit einem Blick zur Tür, die immer noch verschlossen ist, gehe ich zu ihm hinüber und nehme ihm dankbar einen Becher ab.

»Wie geht's dir?«

»Gut«, lächle ich ihn an und stelle fest, dass es nicht einmal gelogen ist. Zu sagen, dass der heutige Tag spurlos an mir vorbeigegangen ist, wäre falsch, doch die Erleichterung wiegt momentan schwerer.

»Paul hat gestanden.« Schockiert sehe ich Sam an und wir setzen uns, als er schon weiterspricht. »Als Cole und ich vor Jahren ins Morddezernat wechselten, war Coles Vorgänger gerade wegen Trunkenheit im Dienst entlassen worden, deshalb wurde die Stelle für Cole frei. Wir kannten seinen Vorgänger nicht, hatten, wenn überhaupt, mal einen Namen gehört …«

»Paul«, unterbreche ich ihn flüsternd.

»Offenbar wurde die Trinkerei nicht besser und seine Wut auf den Chief immer mehr. Eine dunkelhaarige Frau Mitte vierzig wie die Opfer aus unserem Fall.«

Stirnrunzelnd senke ich den Blick auf meinen Kaffee und lasse die Worte sacken. »Und was hab ich damit zu tun?«

»Paul hat zugegeben, dass du eher zufällig bei der Auswahl seiner Opfer dazugekommen bist. Ihr kanntet euch und er hat wohl mal gesehen, wie Cole dich zur Arbeit gebracht hat. In seinen Augen ist Cole derjenige, der ihn den Job gekostet hat. Ein besseres Druckmittel als die Frau, die der Feind liebt, gibt es nicht, oder?«

Spontan fallen mir diverse Tage ein, an denen Paul uns hätte zusammen sehen können. Als ich jedoch nicht antworte, spricht Sam weiter.

»Er war sogar hochmütig genug, einzuwenden, dass er keine Lust aufs Morden mehr hatte und sich bei diesem letzten

Auftritt erwischen lassen wollte. Er hat jemandem Geld dafür gegeben, damit der immer in der Nähe des Wagens unserer Kollegen bleibt, die ein Auge auf dich haben sollten.« Als ich aufsehe, grinst Sam mich an. »Paul kennt unsere Abläufe und ihm war wohl klar, dass Cole sofort dazukommen würde, und dann wollte er seinen großen Auftritt haben, den Cole mit ansehen sollte. Problem war, dass du schon gar nicht mehr zu Hause warst und unsere Schnarchnasen das nicht mitbekommen haben. Paul ist dann zur *Campell Group* gefahren und wollte dich wohl nötigen, Cole anzurufen, dass wir aber fast zeitgleich auch hingefahren sind, hat Paul dann noch in die Hände gespielt. Sein Plan ist soweit aufgegangen, nur dass er nicht dich …«

»… sondern Cole getroffen hat.«

»Ja. Er wird lebenslang bekommen.«

Ich kann einfach nicht ganz glauben, wie sehr ich mich in Paul getäuscht habe. Er war immer höflich, zuvorkommend und auch ich habe ihn immer freundlich und respektvoll behandelt. Wieder einmal zeigt sich, dass man den Menschen eben doch immer nur bis vor den Kopf sehen kann. Aber das alles ist in diesem Moment nicht wichtig, in diesem Augenblick zählt nur, dass es Cole gut geht.

Sam steht auf und legt eine Hand auf meine Schulter, was

mich zu ihm aufsehen lässt.

»Ich weiß, er hat dich verletzt, vielleicht hätte man es anders machen können, aber du sollst wissen, dass Cole alle seine Entscheidungen immer nur für dich getroffen hat.«

Ohne auf eine Erwiderung zu warten, geht er durch die zweiflügelige Tür zurück in den Wartebereich zu den anderen und ich sehe erneut zu der Tür zu Coles Krankenzimmer. Diese Warterei macht mich noch wahnsinnig, also tigere ich wie gehabt im Flur auf und ab. Wenn ich so weitermache, werden sie mich belangen, weil ich ihnen Spurrillen in ihren Fußbodenbelag gelaufen habe. Als könnte ich das tatsächlich, laufe ich jetzt Schlangenlinien, um nicht immer dieselbe Stelle zu beanspruchen. Meine Gedanken wandern in die letzte Woche zurück, in der ich so bitter enttäuscht war. Bitter ist das richtige Wort. Ich war zutiefst verletzt und habe die ganze Zeit über versucht, mir etwas Schlechtes über seine Beweggründe einzureden, damit ich wütend und verbittert sein kann, nur damit ich den wirklichen Schmerz nicht ertragen muss. Nicht, weil ich das Schlechteste von Cole denke, sondern weil ich etwas anderes nicht verkraftet hätte.

Tja und nun habe ich meinen Grund, einen echten, keinen selbst gesponnenen. Er wollte mich einfach nur schützen und hat mich deswegen von sich gestoßen. Er hat mir diese merkwürdigen Möchtegern-Sheriffs geschickt, damit sie auf mich aufpassen, und letzten Endes hat er eine Kugel für mich abgefangen.

Endlich geht die Tür auf und die letzten Reste meiner noch aufrechterhaltenen Ruhe sind mit einem Schlag verschwunden. Jetzt muss ich aufs Klo – vor Aufregung.

»Du kannst reingehen.« William sieht auf mich herab und streicht mir über den Arm. »Er freut sich schon auf dich.«

Ach tatsächlich? Mehr als ein verkniffenes Lächeln kann ich mir nicht abringen und gehe mit zitternden Knien auf die offen stehende Tür zu. Cole sitzt aufrecht in einem Krankenhausbett, die Bettdecke ist um seine Hüften geschlungen. Sein Oberkörper ist frei, sodass ich den großen Verband auf der Schulter sehen kann. Mein Herz schlägt Kapriolen und die Hände fühlen sich urplötzlich pitschnass an. Dieser eingehende Blick, wie nur Cole ihn hat, brennt sich in meine Haut. Er sagt kein Wort und rührt sich auch nicht. Kein Lachen, keine gerunzelte Stirn, nichts.

Hart schluckend betrete ich das Zimmer, schließe die Tür hinter mir und gehe zu ihm ans Bettende, an dem ich mich haltsuchend festklammere. Jetzt wäre der richtige Moment, etwas zu sagen, irgendwas, das die Spannung aus der Luft nimmt.

»Hey.« Oh wow, sehr gut, Heather, ich bin wirklich ziemlich beeindruckt über meinen großen Umfang an sprachlicher Kompetenz.

»Hey«, gibt er zurück und endlich lächelt er, wobei er neben seinen Oberschenkel auf die Matratze klopft. Will er jetzt, dass ich mich hinsetze? »Es tut mir leid, Heather.«

Äh, was? Aha, er scheint zu denken, dass ich mich nicht zu ihm setze, weil ich noch immer wütend bin. Darauf, dass ich einfach zu benebelt bin, um die Geste zu verstehen, kommt er wohl nicht. Aber warum eigentlich nicht? Ja, jetzt wo ich seine Beweggründe kenne, verstehe ich die guten Absichten, dennoch kann ein bisschen Zappeln doch nicht schaden, oder?

Ich stoße mich vom Fußende des Bettes ab und gehe zum Fenster hinüber, um herauszusehen. Nicht dass mich der Hubschrauberlandeplatz davor sonderlich interessieren würde, doch ich bin sicher, er würde sofort erkennen, dass ich flunkere. »Du hast mich unglaublich verletzt.« Und das ist nicht einmal gelogen.

»Ich weiß … Heather, ich wusste nicht, was ich sonst machen sollte. Ich wollte dich einfach nicht in Gefahr brin…«

»Und da hättest du nicht einfach mit mir reden können?« Weil die Frage ernst gemeint ist, drehe ich mich nun doch zu ihm herum.

»Und dann? Dann hätten wir uns doch getroffen. Es sollte nicht nur so aussehen, als hättest du nichts mehr mit mir zu tun, sondern es sollte wirklich so sein.«

»Na, das hat ja gut funktioniert.«

»Woher sollte ich denn bitte wissen, dass Säufer-Paul, dein guter Freund, der Durchgeknallte ist, den wir gesucht haben?«

»Mein guter Freund?«

»Auf dem Parkplatz machte es schon den Eindruck, ihr stündet euch näher. ›*Heather, ist alles in Ordnung?*‹«, äfft er Paul nach und ich muss mir auf die Lippe beißen, um nicht aufzulachen. »Vielleicht solltest du bei der Auswahl deiner Kaffeepartner in Zukunft ein bisschen kritischer sein. Sonst könnte es sein, dass er dich, so wie Paul, zum Schießen findet.«

»Wie bitte? Durch dich bin ich doch erst in diese beschissene Situ…«

»Es tut mir leid«, unterbricht er mich. »Wirklich, ich kann dir nicht sagen, wie sehr, und wenn es dich irgendwie tröstet, es ging mir beschissen. Mehr als das, hundsmiserabel und ich habe …«, er gerät ins Stocken.

»Was?«

»Nichts, können wir …«

»Was, Cole?«

»Herrgott, vielleicht hab ich ein- oder zweimal geweint.« Die letzten Worte sind dermaßen leise, dass ich sie kaum verstanden habe, sodass ich doch neben ihn trete und mich auf das Bett setze.

»Wiederhol das noch mal.«

»Warum?« Beinahe empört sieht er mich an und verschränkt reflexartig die Arme vor der Brust, was ihn kurz zusammenzucken lässt.

»Tut's sehr weh?«

»Hmm.«

Vorsichtig streiche ich mit den Fingerspitzen über den Rand des Klebeverbands. »Danke.«

»Du könntest dich revanchieren, warte, ich nehme die Bettdecke zur Seite.«

Lachend schlage ich ihm auf den Schenkel, er greift schnell nach meiner Hand und hält sie fest. »Könntest du ruhig machen, nachdem ich fast mein Leben für dich gegeben hab.«

»Dein Leben?«

»Der Arzt meinte, es war so knapp«, er drückt Zeigefinger und Daumen aufeinander und sieht mich ernst an.

»Tatsächlich?«, frage ich lachend und Coles Mundwinkel zucken. Er streckt seine Hand aus, fährt mir damit durchs Haar und legt sie dann an meine Wange.«

»Ich hab dich so wahnsinnig vermisst.« Seine Augen sind glasig und auch ich muss tief durchatmen, um mich zu besinnen, dass es keinen Grund mehr für Tränen gibt. Wir sind hier, alles andere ist unwichtig.

»Können wir auch mal reinkommen? Ist ja widerlich dieses Geschnulze.« Offenbar eine rhetorische Frage, denn Mason steht schon neben dem Bett und umarmt Cole vorsichtig. »Was machst du denn, Mann?«

»Wenn du das noch mal machst, reiß ich dir den Arsch auf«, keift Amber Cole an und wirft sich heulend in seine Arme. Auch Sam ist da, wischt sich verstohlen eine Träne – nein natürlich keine Träne, sondern eine Wimper – aus dem Auge und wuschelt Cole unsanft mit der Hand über die Haare.

»Du hast mir kurzzeitig einen ganz schönen Schrecken eingejagt, als du da regungslos rumlagst. Aber dann fiel mir deine kleine Schwäche ein.«

»Was für eine Schwäche?«, mische ich mich lächelnd ein und sehe von einem zum anderen.

»Na, dass Cole sein eigenes Blut nicht sehen kann und deswegen umgekippt ist wie eine Fliege.«

Als wäre das die normalste Information des Tages, sehe ich Cole verdattert an. Vielleicht wäre es vorhin auf dem Parkplatz nicht schlecht gewesen, das zu wissen, dann hätte ich nicht glauben müssen, dass mein Freund, na ja Exfreund, mir unter den Händen wegstirbt.

»Was ist denn hier los? Jetzt aber ganz schnell raus hier, der Doktor hat gesagt: nacheinander, nicht alle auf einmal«, unterbricht uns die Krankenschwester wirsch und jagt die anderen raus wie eine Horde Hühner. »Sie auch bitte! Mister McAllister braucht jetzt noch ein bisschen Ruhe, auch wenn er es vielleicht nicht zugeben will.« Auffordernd sieht sie mich an, sodass ich mich resigniert stöhnend ergebe. Vermutlich hat sie recht.

Ich streichele Cole über den Arm und will gehen, als er mich noch einmal zurückhält. »Verzeihst du mir?« In seinem Blick liegen so viel Unsicherheit, so tiefe Verzweiflung und dieser wunderschöne Funken Hoffnung. Wie könnte ich nicht? Mein Magen zieht sich zusammen, mein Herz schlägt wie verrückt und doch will ich, dass er es jetzt endlich weiß. Also nicke ich leicht und antworte ihm: »Als ich dich das erste Mal gesehen habe, hatte ich beinahe Angst, mit dir zu sprechen. Dann hatte ich monatelang Angst, diesem Gefühl nachzugeben und dich zu küssen, eigentlich nur, weil ich noch größere Angst hatte, mich in dich zu verlieben. Aber nichts davon kam auch nur im Entferntesten an die Angst von heute heran – die Angst, dich zu verlieren.«

»Ist das so ’ne Art Liebeserklärung?« Seine Unsicherheit ist einem verschmitzten Grinsen gewichen.

Lächelnd nehme ich sein Gesicht in die Hände, wobei ich sorgsam darauf achte, nicht gegen die verletzte Schulter zu kommen. »Ja, das war es.« Dann lege ich sanft meine Lippen auf seine und vergesse alles um mich herum, sogar die griesgrämige Krankenschwester, die noch immer mit aufgehaltener Tür dasteht. Ich fühle nur noch Cole.

Eintrag ins Merkbuch: Momente, in denen ich Cole sagte, dass ich ihn liebe – 1.

»Der Patient braucht jetzt Ruhe, keine zusätzliche Aufregung«, werden wir unterbrochen, sodass ich mich grinsend von ihm löse und auf sie zusteuere. Kurz bevor die Tür hinter mir zufällt, ruft er nach mir und ich drücke dagegen.

»Ich hab dich angelogen an dem Abend, als ich bei dir war. Als du für uns gekocht hast.«

»Was meinst du?« Fragend schüttle ich den Kopf und sehe ihn abwartend an.

»Ich hab gesagt, dass ich dich nicht lieben würde, und das war gelogen.«

Epilog

Heather

Ein Jahr später

Na gut, ich habe geschworen, das nie, nie wieder zu tun, doch besondere Umstände erfordern besondere Maßnahmen.

»Irgendwie siehts hier zum Einschlafen aus, oder? Total öde«, spricht Geena mich von der Seite an, wobei sie an ihrer Kamera rumfummelt. Im Großen und Ganzen hat sie ja recht. Wir stehen auf der älteren der beiden Navajo Bridges, die für den Autoverkehr gesperrt ist, dennoch wird der Verkehrslärm der jüngeren, fast identischen Brücke zu uns herübergetragen. Bis auf eben diese Bauwerke gibt es hier weit und breit nichts.

Rote Felsen und Berge, so weit das Auge reicht, und unter uns der Marble Canyon. Mein Blick streift den von Amber, die auf mich zukommt. »Das ist doch nicht dein Ernst, oder?«

»Nein, eigentlich nicht. Guck mal, wie sie sich freuen«, erwidere ich und zeige auf Cole, Mason, Logan und Riley, die wie kleine Jungs über dem metallischen Geländer hängen und heruntersehen. »Du könntest dir ein Beispiel nehmen.«

»Warum muss sie nicht springen?«, mault Amber und zeigt auf Geena, die noch immer in ihre Kamera vertieft ist.

»Weil sie das Video macht.«

»Ich könnte das machen.«

»Nix da«, mischt Geena sich nun doch ein. »Ich spring da bestimmt nicht runter, das steht nicht in meinem Arbeitsvertrag.«

Lachend schüttle ich den Kopf. Geena ist mir inzwischen zu einer wahren Freundin geworden.

Als ich vor einem halben Jahr die sichere Anstellung in der *Campell Group* aufgegeben habe, um meinen Traum von der eigenen Firma zu verwirklichen, hat sie nicht eine Sekunde gezögert und ist mit mir gekommen. Lächelnd sehe ich zu Cole, der mit seinen Händen in der Luft herumfuchtelt und den anderen euphorisch irgendwas zu erklären scheint. Ohne ihn hätte ich diesen Schritt nicht gewagt. Nur durch seinen Rückhalt habe ich mich getraut, die berufliche Sicherheit gegen Unsicherheit, aber auch Eigenständigkeit einzutauschen, und bin ihm dankbar dafür. Zwar verdienen wir, ich und auch Geena, nicht mehr ansatzweise das, was wir bei der *Campell Group* am Monatsende auf dem Konto hatten, doch dafür haben wir etwas anderes, viel Wertvolleres bekommen: Zeit.

Wir fangen jeden Tag zur gleichen Zeit an und hören zur gleichen Zeit auf. Die Wochenenden haben ihren Namen jetzt wahrhaftig verdient und wenn mal etwas nicht zu Einhundertprozent klappt, dann ist es eben so. Coles unbeschwerte Sicht auf die Dinge und seine Leichtigkeit haben mir gezeigt, dass es Wichtigeres gibt. Und seit einigen Monaten weiß ich nun, dass er dieses *Wichtige* für mich ist.

Zudem hätten Geena und ich ansonsten wohl auch keine Zeit gehabt, mit den anderen diesen Kurztrip nach Arizona zu machen.

Amber scheint es schon zu bereuen, mitgekommen zu sein, und ich selbst unterdrücke die aufsteigende Angst im Magen. Ob die allerdings von der Angst kommt, doch noch mal an einem Seil hängend irgendwo herunterzuspringen, oder von etwas anderem, vermag ich nicht zu sagen.

»Hoffentlich lohnt sich der Aufriss auch«, spottet Amber und weiß genau, dass sie meine Unsicherheit damit nur noch verstärkt. Dummes Miststück!

»So, wir sollten gleich dran sein, läuft soweit alles wie geplant?«, lenkt Lilly mich von den Mordgedanken ab und ich nicke.

»Ja, die Jungs sind instruiert. Andrew und Matt von der Bungee-Firma auch.« Alle wissen genau, was sie tun sollen, und wehe dem, der einen Fehler macht.

Ich sagte, ich sei lockerer geworden, was meine pedantische

Planung angehe, nicht, dass ich sie gänzlich abgelegt hätte. So bin ich nun mal.

»Wir können dann«, ruft Logan zu uns rüber und Lilly schwebt geradezu in seine Richtung. Tief durchatmend versuche ich, mein inzwischen doch in Aufruhr geratenes Herz zu beruhigen, und folge ihr. Ich kann einfach nicht glauben, dass ich noch einmal so lebensmüde bin und auch noch all unsere Freunde mit in den Abgrund stürzen lasse. Im wahrsten Sinne des Wortes.

Dachte ich schon, der Sprung von der knapp zweiundvierzig Meter hohen Brooklyn Bridge wäre tief gewesen, werde ich hier eines Besseren belehrt. Dieses Bauwerk ist noch einmal gute einhundert Meter höher und verursacht einem allein beim Hinuntersehen Schwindelanfälle.

»Unglaublich, ich kann kaum glauben, dass du das machen willst«, lacht Cole mir ins Ohr und umarmt mich überschwänglich.

Ach, sag bloß, ich auch nicht.

Die Prozedur ähnelt der von vor einem Jahr leider sehr, und so dauert es nicht lange, bis ich die bedrohliche Platte erspähe, die dann wohl die Waage ist.

»*Was* soll ich machen?«, höre ich auch schon Ambers entsetztes Schreien. Ich war mir ziemlich sicher, dass die Erwähnung einer Waage sie davon abgehalten hätte, hier mitzumachen, daher habe ich dieses winzige Detail in meinem Erfahrungsbericht wohl verschwiegen. Dabei kommt das Schlimmste erst noch. Ergeben halte ich Matt die Hand hin, damit er das Gewicht darauf vermerken kann, und gehe weiter zu Andrew, der Cole und mir diesen Hosenträgergurt hinhält. Heute springe ich nicht allein, sondern mit ihm zusammen, Tandem-Bungee oder so was. Vielleicht ist das auch der Grund, warum ich nicht ganz so panisch bin wie beim letzten Mal? Während wir in den Gurt steigen, verteilt Andrew weitere an Amber und Mason, Logan und Lilly sowie Marissa und Riley. Geena steht feixend in sicherer Entfernung und filmt alles.

»Alles in Ordnung? Du bist so blass«, spricht Cole mich an, wobei ich erkenne, dass er mich besorgt mustert, und lächle ihm so tapfer wie möglich zu.

Wenn du wüsstest.

Jetzt, wo es unausweichlich ist, fangen die Knie doch an zu zittern und meine Handflächen sind klatschnass. Heute ist der Tag, an dem ich alles offenlegen werde, all meine Gefühle, all die Wünsche. Der Tag, an dem ich einem anderen Menschen die Chance gebe, mich in den Tiefen meiner Seele zu erschüttern und irreparabel zu verletzen. Eine leise Stimme sagt mir, dass Cole mich immer beschützen, es nie zulassen wird, dass ich verletzt werde. Und doch ist die Unsicherheit in diesem Augenblick so präsent, dass sie mich regelrecht umklammert.

Solche Angst hatte ich nicht mehr seit … seit ich dachte, Cole würde sterben. Ich versuche, mich an Rebeccas Atemübung zu erinnern – tief durch die Nase ein und durch den Mund aus –, um nicht in Hysterie auszubrechen. Rebecca ist die Psychologin beim NYPD, zu der ich nach dem Vorfall im letzten Jahr ein paarmal gegangen bin. Letztlich ging es dann doch nicht so spurlos an mir vorbei, wie gedacht. Wobei meine panikartigen Zustände weniger mit mir selbst als mit Cole zu tun hatten, wenn er nachts zur Arbeit gerufen wurde und ich vor Sorge beinahe umgekommen bin. Inzwischen kann ich damit leben, auch wenn immer ein ungutes Gefühl mitschwingen wird. Ich weiß, dass er sich sofort in den Innendienst versetzen ließe, wenn ich ihn darum bitten würde, aber wer wäre ich, ihm diesen Traum zu nehmen? Er ist, wie seine Mum mir damals sagte, durch und durch Polizist.

»Hallo?«, hakt er erneut nach. Verwirrt schüttle ich den Gedanken ab und merke, dass ich Cole noch immer anstarre, während er auf eine Antwort wartet.

»Ja, *du* bist hier, dann ist es in Ordnung.«

»So, dann alle Mann einmal zurück zur Waage«, ruft Andrew und winkt wieder in die Richtung zurück, aus der wir gekommen sind.

»Wie bitte? Heather, was soll das?«, blökt Amber zu mir rüber, womit wir dann bei dem schlimmeren Teil wären, den ich vorhin erwähnte. Wir müssen uns gemeinsam wiegen, um zu sehen, ob wir die Höchstgrenze von einhundertsiebzig Kilo überschreiten. Das könnte jetzt knapp werden, und noch schlimmer, damit weiß Cole mein Gewicht. Welche Frau will schon, dass ihr Lebensgefährte solch ein intimes Detail kennt? Sowohl mein Gewicht als auch die Kleidergröße waren bisher Sperrgebiet, aber was muss, das muss eben.

»Ich hasse dich«, zischt sie und ich vergrabe das Gesicht lachend an Coles Brust. Marissa meckert mit Riley, der ihr natürlich *aus Versehen* an die Brust gefasst hat, sich aber freut wie ein Schneekönig. Lilly ist die Einzige, die das Ganze stoisch über sich ergehen lässt und verträumt zu Logan aufsieht. Die beiden bekommen ohnehin nicht allzu viel von ihrer Umwelt mit.

Cole wird unser Kampfgewicht auf die Hand geschrieben, wobei wir die erlaubte Grenze nur mit zwei Kilogramm unterschreiten, aber wir dürfen springen. Über seine Schulter hinweg sehe ich Andrew, der mich anlächelt und den Daumen nach oben hält. Oha, jetzt gehts los. Denk an deine Atemübungen, Heather. Verdammt, ich falle in Ohnmacht, ich spüre schon, wie das Blut sich aus all meinen Gliedern zurückzieht. Oder ich fange an zu heulen, ganz sicher bin ich mir noch nicht.

Ich sehe von einem zum anderen, zu all unseren Freunden, die hinter mir stehen, Cole, der mir Halt gibt, und das nicht nur in diesem Augenblick, in dem wir dicht beieinander zur Absprungstelle tippeln. Amber und Mason stehen neben uns und sie drückt meine Hand. »Die Kontrolle abzugeben, muss nicht immer schlecht sein.«

Wie ein Déjà-vu spielt sich ein ganz ähnlicher Satz in meinen Gedanken ab, den Cole vor so langer Zeit zu mir gesagt hat, und ja, ich habe die Kontrolle abgegeben und es bis heute nie bereut.

Wir alle stehen im Abstand von einigen Metern voneinander getrennt auf der Absprungplatte, auf der die Helfer unsere Gurte, Manschetten und Karabinerhaken ein letztes Mal kontrollieren. Haltsuchend klammere ich mich an Cole und spüre zeitgleich seine schweren Arme, die sich um meinen Rücken legen. Wieder einmal trifft mich die Erkenntnis wie ein Schlag: wie sehr ich ihm doch vertraue und fest daran glaube, dass mir mit ihm an der Seite niemals etwas passieren wird.

»Also los«, ruft uns jemand zu. »Fünf – vier – drei – zwei – eins – Bungee.«

Und dann fallen wir. Lautes Geschrei dröhnt von den anderen zu uns, doch ich kneife dieses Mal nur die Augen zusammen und klammere mich an Cole. Vielleicht ist dieses hier das letzte Mal, dass wir uns so ungezwungen in den Armen halten?

Dass es auch nur im Bereich des Möglichen ist, ängstigt mich so sehr, dass ich alles zurückziehen will, einfach so tun, als wäre heute kein besonderer Tag für mich – möglicherweise für uns.

Das Gummi ruckt zurück und zieht uns wieder in die Höhe, was meinen Magen einen Salto drehen lässt, dennoch ist es nicht im Entferntesten so wie beim letzten Mal. Cole würde vermutlich sagen: *Schalt den Kopf aus, Baby*. Wir fallen erneut und beginnen uns zu drehen, gleich wird es so weit sein.

Coles Hände umfangen mein Gesicht und er wischt mir die Tränen von den Wangen, von denen ich nicht einmal wusste, dass sie da sind.

»Hey, was ist denn?« Die Sorge in seiner Stimme macht es nicht gerade einfacher. Eilig drehe ich den Kopf zu Mason und Amber, die uns am nächsten hängen, und erkenne, dass sie bereits an ihrer Tasche rumfriemeln.

»Ich … ich wollte dir so vieles sagen«, schluchze ich auf und die Tränen quellen in Massen aus meinen Augen. »Ich hab alles vergessen.«

Ein schrilles Pfeifen hallt zwischen den Felsen wieder, sodass Cole, der mehr als erschrocken über meinen Ausbruch zu sein scheint, in Richtung der anderen sieht. Ohne hinzuschauen, weiß ich, was er gerade sieht, und verfolge stattdessen seinen Adamsapfel, der sich beim schweren Schlucken bewegt. Warum sagt er denn nichts?

Mein Kopf scheint zu platzen, ob vom vielen Blut, das sich darin sammelt, oder der Anspannung kann ich nicht auseinanderhalten.

»Ja.«

»Ja?«, frage ich, heule schon wieder los und er drückt mich so fest an sich, dass ich keine Luft mehr bekomme.

»Ja.« Er verteilt Küsse auf meinem Gesicht und ich erkenne das feuchte Glitzern in seinen Augen. »Ja, verdammt«, ruft er so laut, dass es durch die Schlucht hallt, und von der Brücke oben kommt lautes Geklatsche, gefolgt von einem Niederschlag aus Glitzerpapier. Daran habe ich schon gar nicht mehr gedacht, aber ein bisschen romantisch sollte es doch auch sein, oder?

Wiederholt ertönt ein Pfeifen und wir sehen beide an dem langen Banner von Amber und Mason vorbei zu Lilly und Logan, die ein zweites herabhängen lassen. Darauf steht in großen roten Buchstaben:

Eintrag ins Merkbuch: Momente, in denen Cole meinen Heiratsantrag angenommen hat – einmalig.

Verstohlen wischt Cole sich eine Träne weg und sieht mich an. »Darf ich auch was in dein Merkbuch schreiben?«

»Alles, was du willst«, antworte ich lachend und fahre mir mit den Händen über die verheulten Augen.

»*Eintrag ins Merkbuch: Momente, in denen Heather mich zum glücklichsten Mann der Welt macht – unzählbar.*«

ENDE

Das Kennenlernen von Heather und Cole aus Strange Memories

Kapitel 10 – Strange Memories – Verhängnisvolle Entscheidung (aus Sicht von Amber)

Wir klingeln und ich drehe mich noch einmal zur Straße, um die anderen Häuser zu bewundern, als die Tür hinter mir knarrt und Heather mit aufgeklappter Kinnlade in eben diese Richtung starrt. Verwundert wirble ich herum und sehe Cole in der Tür stehen, schon wieder oben ohne. Grundgütiger, hat er eine Baumwollallergie oder was?

»Na guck mal einer an, der Kampfhamster. Und sie hat Marilyn mitgebracht.« Heather klappt ihren roten Mund zu und sieht unvermittelt gar nicht mehr so begeistert aus.

»Hallo Cole, das ist Heather. Mason meinte, es würde dich nicht stören …«

»Nein, nein, kommt rein.« Wir drängen uns an ihm vorbei in den Flur, wobei ich sorgsam darauf bedacht bin, seinem widerlich schwitzenden Körper nicht zu nahe zu kommen.

»Geht schon durch, ich muss mir nur schnell was Frisches anziehen.« Er zeigt geradeaus durch den Flur, wo die Hintertür aufsteht, durch die Gesprächsfetzen zu uns dringen.

Im Türrahmen bleibe ich kurz stehen und suche nach Mason, der mit Logan und Lilly an einem Tisch sitzt und sich köstlich zu amüsieren scheint. Gott er ist so … schön. Ja, das trifft es wohl.

»Amber, wir sind im Himmel der vertrockneten Pflaumen gelandet und sollen hier geheilt werden. Wenn die es nicht schaffen, schafft es keiner.« Heather sieht mit leuchtenden Augen von Riley, über Logan zu Mason und zuckt zusammen, als Cole uns von hinten anspricht.

»Trockene Pflaumen behandeln wir nur am Freitag, heute ist Mittwoch. Sorry.« Damit geht er an uns vorbei die Treppe in den Garten herunter, und während Heather glüht wie eine Herdplatte, kann ich mich nicht beherrschen und lache laut los.

Danke

Wie immer danke ich zuerst jedem einzelnen Leser, der sich dazu entscheidet, mein Buch zu lesen, und dem es dann – so hoffe ich zumindest – auch noch gefällt. Ohne euch wäre das hier alles gar nicht machbar und ihr seid meine größte Motivation beim Schreiben.

Natürlich danke ich auch wieder meiner lieben Autorenfreundin Susan Liliales. Bisher gab es noch keins meiner Bücher, das sie nicht als Erste in den Händen hielt und mit ihren liebevollen, witzigen und manchmal auch harten Worten für den letzten Schliff sorgte. Ich hoffe, dass du nie genug von mir bekommst.

Ein weiterer ganz großer Dank geht an meine Testleserinnen Maria, Tina, Nina, Jutta, Stefanie und Filiz. Meine Unsicherheit ist bei jedem Buch extrem und ohne euch hätte ich wahrscheinlich nie den Mut, auch eins davon zu veröffentlichen.

Danke, dass ich euch alle gefunden habe.

Werke von Mia B. Meyers:

Bucket List – Zurück ins Leben

Dark side of trust – Im Schatten der Lust

Finding trust – Im Bann der Leidenschaft

Strange memories – Verhängnisvolle Entscheidung

Lose Control – Verzweifelte Entscheidung

Reset Me – Hoffnungsvolle Entscheidung

Who is Hunter

Clannon Miller
BE Feelings
Pygmalion
perfekt unverliebt
Roman

D. C. Odesza

Auserwählt – Unnahbar, Unverletzbar, Unantastbar

Damian Garner ist Anfang dreißig und glaubt, dass ihm die Frauenwelt nichts mehr zu bieten hat. Kaum eine Frau verbringt mehr als vier Nächte mit ihm, bevor sie von ihm abgewiesen wird. Doch nicht lange und Damians Freund Kresten kommt auf die Idee, eine Challenge zu veranstalten, und die begehrtesten Frauen Englands auf eine vierzehntägige Reise auf eine Yacht einzuladen. Was zuerst wie eine lockere Vergnügungsreise aussieht, wird schnell zu einem mysteriösen, gefährlichen Spiel.

Band 1: Taschenbuch 320 Seiten, € 14,99 [D,A]

ISBN 978-3-945796-76-4